BIBLIOTHÈQUE DE L'ATELIER

EXPOSITION UNIVERSELLE DES BEAUX-ARTS

LE

SALON DE 1855

APPRÉCIÉ À SA JUSTE VALEUR

pour UN franc

PAR

J. DE LA ROCHENOIRE

Peintre d'Histoire, Membre de l'Association des Artistes Peintres, Rédacteur de plusieurs Journaux, Revues, etc., etc.

AUTEUR

DE LA PEINTURE APPRISE SEUL AVEC SEPT COULEURS.

L'hospitalité est sincère, la critique sera loyale.

DEUXIÈME PARTIE

PARIS

MARTINON, LIBRAIRE-ÉDITEUR,

RUE DE GRENELLE-SAINT-HONORÉ, 14.

… TOUS LES LIBRAIRES DE LA FRANCE ET DE L'ÉTRANGER.

1855

NOMS DES ARTISTES MENTIONNÉS DANS CET OUVRAGE.

MM.
Eugène Delacroix.
Ingres.
Robert Fleury.
Horace Vernet.
Decamps.
Diaz.
Léon Cogniet.
Abel de Pujol.
Heim.
Meissonnier.
T. Rousseau.
Corot.
Français.
Gudin.
Isabey.
Dauzats.
Troyon.
R. Bonheur.
Bracassat.
H. Flandrin.
A. Duval.
H. Lehmann.
Signol.
Chasseriau.
Biesener.
Court.
Couture.
Yvon.
Muller.
Gérome.
Hamnion.
Toulmouche.
Picou.
Cibot.
P. Flandrin.
Lambinet.
Achard.
Aligny.
Anastasi.
Daubigny.
Chintreuil.
Ciceri.
Cabanel.
Chenavard.
L. Boulanger.
Boissard.
Benouville.
Cambon.
Jalabert.
Glaize.
Landelle.
E. Lainé.
Fichel.
Accard.
Steinhel.
Leman.
Jourdan.
Picard.
Schlesinger.
Garaud.
Gourlier.
Breton.
Jadin.
Rousseau.
Palizzi.
Couturier.
Melin.
Loubon.
Busson.
Breton.
Esbrat.
Morel Fatio.
Barry.
Garneray.
Jongkind.
Le Poittevin.
Berthelemy.
Ziem.
Lépaulle.

MM.
De Rudder.
Schnetz.
Tabar.
Timbal.
Tintholn.
Ulmann.
Vinchon.
Barrias.
Antigna.
Clère.
Bonnegrace.
Coignard.
Monginot.
Salmon.
Bisson.
Roux.
Roqueplan.
Baron.
Louis Duveau.
Penguilly-l'Haridon.
Luminais.
Guillemin.
H. Bellenger.
Sorieul.
A. Dedreux.
Ginain.
J. Gigoux.
Larivière.
Lazerges.
Lecomte.
R. Lehman.
Lenepveu.
Jeanron.
A. Leleux.
L. Lescuyer.
Flers.
De Lafage.
Huet.
Lapierre.
L'Huillier.
Villevieille.
Lapito.
Lavieille.
Legrip.
Fortin.
Hédouin.
Gluck.
Faivre.
Desmarest.
Grenn.
Herbstoffer.
Hillemacher.
Vetten.
O. Tassaert.
Chavet.
Courbet.
Fauvelet.
Aze.
Comte.
E. Frère.
Millet.
Pezous.
Plassan.
Besson.
Monfallet.
Nanteuil.
Marchal.
Caraud.
Galbrund.
Browne.
Trayer.
Beaumont.
Bonvin.
Poussin.
Boullard.
Yan Dargent.
Dubasty.
Desjobert.
Leroux.

MM.
Nazon.
Justin Ouvrié.
De Tournemine.
De Varenne.
Legentile.
Brissot.
Harpignies.
Dehodencq.
Dubuffe.

ANGLAIS.

Grant.
Leslie.
Landseer.
Frith.
Glass.
Patton.
Knight.
Hook.
Goodal.
Philipp.
Mulready.
Redgrave.
Ward.
Cook.
Hollins.
Holland.
Gordon.
Webster.
Magnee.
Hurlstone.
Hayter.
Pikersgill.
Eastlake.
Poole.
Dice.
Stanfield.
Ewins.
Elmore.
Robert.
Maclise.
Cooper.
Creswick.

SCULPTEURS.

Guillaume.
Pollet.
Lequesne.
Dantan aîné,
Cavelier.
Debay père.
Barye.
Maindron.
Gayrard père.
Gayrard fils.
Rude.
Chatrousse.
Chenillion.
Courtet.
Delabrière.
Droz.
Foyatier.
Dumont.
Fremiet.
Jouffroy.
Garraud.
Lechesne, de Caen.
Prouha.
Dantan jeune.
Pons.
Le marquis Torquato.
Della Torre.
Mène.
Marcellin.

MM.
Leharivel.
Lefebvre-Deumier.
Oliva.
Rochet.
Ottin.
Pautard.
Moigniez.
Iselin.
Hebert.
Gumery.
Grootaers.
Félon.
Falconnier.
Etex.
Duseigneur.
Duret.
Durand.
Cain.
Rubot.
Bonnassieux.
J. Bonheur.
Badiou de Tronchère.

GRAVEURS, ARCHITECTES.

Calamatta.
Henriquel-Dupont.
Pollet.
Damour.
Jazet.
Lavieille.
Martinet.
Anastasi.
Mouilleron.
Nanteuil.
Noël.
Leroux.
Viollet-Leduc.
Frappaz.
Labrouste.
Lassus.
Caristie.
A. Dauvergne.
Lefuel.
Hittorf.

BELGES.

Willems.
Hamman.
A. Stevens.
J. Stevens.
Madou.
Verlat.
Verboeckoven.
T'schaggeny.
Paternostre.
Coulon.
De Block.
De Keyser.
De Bracklaer.
Delfosse.
Leys.
Dyckmans.
Besboom.
Mathysen.
Van Moer.
Van Hove Hubert.
Aubin.
V. Eckout.
J. Eckhout.
Lunig.
De Knuff.
De Vinter.
Fourmois.
Lamorinière.
Thomas.
Portaels.

5810 Imprimerie de Maulde et Renou, rue de Rivoli, 144.

EXPOSITION UNIVERSELLE DES BEAUX-ARTS

LE

SALON DE 1855

APPRÉCIÉ A SA JUSTE VALEUR

pour UN franc

PAR

J. DE LA ROCHENOIRE

Peintre d'Histoire, Membre de l'Association des Artistes Peintres,
Rédacteur de plusieurs Journaux, Revues, etc., etc.

AUTEUR

DE LA PEINTURE APPRISE SEUL AVEC SEPT COULEURS.

L'hospitalité est sincère, la critique sera loyale.

DEUXIÈME PARTIE

PARIS

MARTINON, LIBRAIRE-EDITEUR,

RUE DE GRENELLE-SAINT-HONORÉ, 14

ET CHEZ TOUS LES LIBRAIRES DE LA FRANCE ET DE L'ÉTRANGER.

1855

TABLE

Pages

Voyage à l'étranger. Première excursion. 6

Id. Deuxième excursion. 21

Les Coloristes 33

Animaux. — Paysage. — Marine 49

Les infiniment petits 75

Sculpture.— Architecture. — Dessin. — Aquarelles. – Pastels, etc. 87

VOYAGE A L'ÉTRANGER.

(Première Excursion.)

Suprématie de la France. L'école belge.— L'inspiration et le métier.— M. Verboeckoven et sa loupe. — M. Van Schandell et Scalken. — Les Belges de Paris, ceux de Bruxelles et les Belges d'Anvers. — M. Hamman et Rob. Fleury.—MM. Stevens, Willems, etc.— Un mot sur les Anglais.—La Suisse et ses grands hommes. — Ils n'osent regarder les Alpes. — La pensée très humble servante du procédé. — Raphaël, une femme et un enfant. — Prud'hon et Corrége.— Michel-Ange et Puget.— Tu parles très bien, mais tu ne dis rien. — Adrien Villaert. — Une croix de Léopold. — Légère critique. — *Naufrage* de Christophe Colomb.—Géricault et M. Hamman.—M. Willems et son intérieur.— Chardin mêlé à tout cela.— Rubens et la chair.— Beaucoup de travail pour un petit résultat.— Le prix d'un Rubens.— Le Meissonnier de la Belgique ne vaut pas celui de la France. — M. Madou a trop de talent.— Une scène mélodramatique non pathétique. — M. Alp. Stevens et le Vagabondage. — Un Tableau comme le comprend M. J. de la Rochenoire.— Le public jugera.— Souvenir de la patrie.— Est-ce un noir ou un blanc?— Un peintre de talent et un Métier de chien.— Où l'on parle de la vertu. — M. Joseph Stevens et M. Verboeckoven. — Judas et MM. Portaels et Thomas.— Célébrité de M. H. Leys. — Le Faust de Gœthe. — La Trentaine de M. H. Leys.—MM. Van Moer, Van Hove et une pénurie d'argent. Feu Coulon.— MM. de Braecklaer et Ostade. — M. Mathysen dans la cour des Miracles.— MM. Dillens et Aubin. — La Sortie d'école de M. de Block. — MM. Eeckhout, de Keyser, Dickmans, etc.— M. de Kniff dans une Gravière.— Les paysagistes belges.— Un guet-apens.— Les peintres de marine. Un nom impossible à prononcer.—Encore une loupe s'il vous plait.— Départ.

Si l'art, dans sa beauté idéale, doit s'affranchir de la représentation servile des objets naturels et qu'ils ne soient qu'un simple moyen pour arriver au but, les peintres étrangers ne peuvent lutter avec la France. Si, au contraire, il doit avoir pour résultat la copie exacte et minutieuse des formes; l'imitation et non l'interprétation des œuvres des grands maîtres, la négation du sentiment intime, ils ont tous, et surtout les Belges, droit aux premières places. Le grand défaut de l'École belge, car les artistes anglais ont beaucoup plus de liberté de conception, c'est un manque d'originalité et d'invention; nous ne voyons rien de spontané, de vivant dans leurs œuvres, et le pastiche se fait partout deviner. La Belgique n'est donc plus un peuple et les Flandres ne se souviennent plus de Rubens?

L'inspiration est morte et le métier remplace l'art. La contrefaçon n'était donc point un vain mot! Aussi ses premiers artistes ne peuvent obtenir en France le succès éphémère que leur font les amateurs belges. Combien, depuis vingt-cinq ans, a-t-on répété de fois à M. Verboeckoven, sans pouvoir le corriger, qu'il peignait à la loupe et qu'il reniait la nature pour le trompe-l'œil; que les effets de lumière de M. Van Schandell étaient des réminiscences de Scalken; que M. H. Leys rappelait tous les anciens peintres dont le genre méticuleux fait les délices des galeries dont les possesseurs adorent le léché; que si nous jetons un coup-d'œil sur l'école Franco-Belge, — on nomme ainsi les peintres qui habitent la France sans cesser d'affectionner la Belgique, — car nous avons l'école Belge de Paris, ceux de Bruxelles et les Belges d'Anvers; de même que nous avons certains peintres qui se disent d'une ville parce qu'ils l'ont habitée, quand cette bonne ville a quelques travaux à donner et qu'ils sont bien aises d'en profiter. L'école franco-belge a donc les mêmes tendances que ses compatriotes : M. Hamman, peintre de beaucoup de talent, affectionne MM. Robert Fleury, Baron, etc.: M. Alfred Stevens hésite entre MM. Decamps, Robert Fleury, et se rapproche cette année de M. Courbet; M. J. Stevens, dont les animaux sont d'un faire si puissant, est fou de Jadin et tourmenté de Decamps; et Coulon, que les arts viennent de perdre, a voulu être régence à tout prix. Reste donc M. Willems, qui hésite entre les anciens et les modernes.

Dans les peintres anglais, qui leur sont supérieurs sous le rapport de l'originalité, nous trouvons bien encore le pastiche, mais moins sensible et avec plus de liberté dans le faire : MM. Grant et Gordon, dans leurs beaux portraits, s'inspirent bien de Reynolds, de Lawrence et de Jackson, mais quelle belle interprétation et comme le ton est pur et la main libre. Wilkie et Hogarth occupent bien un peu MM. Leslie et Frith, cependant : l'Oncle Tobie et la Veuve Wadmann sont grassement peints et bien spirituels, Catherine et Petrucchio ont beaucoup de verve.

La Prusse n'a point d'école; ses représentants ne peuvent entrer en lice, à l'exception cependant de M. Magnus qui a exposé un magnifique portrait de Jenny Lind. M. Besboom, avec son délicieux tableau des Moines de Saint-François, MM. de Venter, Waldorp, etc., nous rappellent la patrie de Rembrandt; MM. Muyden et Diday sont les pâles représentants de la patrie de Jean-Jacques, et les noms que nous rencontrerons dans les diverses nations sont pour la plupart élèves de l'école française, et n'ont conséquemment aucune nationalité. Continuons donc notre excursion et déroulons à vos yeux ce long panorama.

En général, les peintres étrangers me paraissent adopter en principe le système pernicieux contre lequel nos maîtres luttent énergiquement. Il est évident que l'art ne doit point saisir les formes dans leurs propriétés absolues et réelles, mais bien relatives aux objets représentés; que la ligne ne doit point se contenter d'être ronde ou rectangulaire, mais de communiquer par son ondulation ou son vague l'impression de l'objet représenté, que l'ensemble soit mouvementé selon le sujet. Ce sont ces qualités, incompréhensibles au plus grand nombre, qui agissent sur les spectateurs et font de M. Eugène Delacroix le premier peintre de notre époque. Le contraire existe dans toutes les écoles étrangères, et la pensée chez eux, à quelques exceptions près, est la très-humble servante du procédé. Aussi voyons-nous des étoffes bien rendues, des accessoires infiniment soignés, enfin tout ce qui constitue l'industrie poussé au dernier degré, et l'art étouffer sous cette avalanche d'oripeaux. Ceci nous remet en souvenir cet artiste grec qui, ne pouvant faire une Vénus belle, se contenta de la faire riche; que nous fait le sujet choisi par le peintre, quoique des maladroits aient reproché aux peintres de genre de ne s'inspirer que de scènes triviales?..... Que faut-il à Raphaël pour être divin?... une femme et un enfant. Rubens se serait donc privé de faire des Vierges parce que Raphaël les avait faites divines. Prud'hon ne serait donc pas un grand peintre parce que nous avons l'Antiope du Corrége, et Michel-Ange nous empêcherait d'admirer Pujet! Erreur! Tous sont grands parce que tous ont interprété la nature dans un sentiment personnel et intime. Le plus grand défaut des maîtres étrangers, dont nous pouvons apprécier les œuvres, est cette supériorité du faire qui absorbe toute autre pensée ; la conception n'est que secondaire, l'expression poétique nulle; aussi, restons-nous froids devant leurs tableaux. Toute composition, quel qu'en soit le sujet, doit avoir un sens intime, sens profond que l'artiste communique au spectateur et qui l'émeut à sa vue. Si la représentation matérialisée n'impressionnait pas plus que la poésie, la peinture perdrait évidemment de son importance et n'aurait aucun but social. Ainsi, le peintre dont le procédé a plus d'importance que le sujet. peut être comparé à un beau parleur dont les phrases n'ont aucun sens : Tu parles très bien, mais tu ne dis rien. Que voulez-vous; pour moi, pastiche, système, adresse de faire, banalité de pensée sont synonymes, et l'artiste qui n'est que savant ou habile est pour moi inutile. C'est comme une femme très-belle qui est très-bornée; il vient toujours un moment où sa beauté devient à charge. Puisque nos hôtes ont affronté la lutte nous les en félicitons, et nous les prions de nous pardonner une sévérité artistique que notre devoir nous impose : L'hospitalité est sincère et la critique sera loyale.

MM. Hamman, H. Lyes et Willems me paraissent tenir le premier rang parmi les peintres de genre belges. MM. Portels et Thomas remplacent M. Gallait comme peintre d'histoire et MM. J. Stevens, Verboeckoven et Verlat sont leurs meilleurs peintres d'animaux. Dans la marine, MM. Clays et Lehon tiennent un rang distingué.

M. Hamman nous transporte à Venise, et nous fait assister à la première messe en musique qui ait été exécutée ; Adrien Villaert tient l'orgue et conduit l'orchestre qui doit s'inspirer de ses mélodies. A droite, c'est un groupe de moines virtuoses dans les attitudes les plus variées ; à gauche, de charmantes jeunes femmes paraissent ravies et ne s'aperçoivent point de leur entourage monacal, et le doge dans le fond d'une salle du grand palais ducal, entouré de nobles patriciens, préside la fête. Cette grande variété de personnages et de figures charmantes, la tournure austère et inspirée des moines, leurs types si vrais qu'on croirait les avoir rencontrés dans quelque cloître, font du tableau de M. Hamman l'œuvre capitale de l'exposition belge. Aussi la messe d'Adrien Villaert a-t-elle valu à son auteur la croix de Léopold.

La composition de ce tableau n'est-elle pas ravissante et l'attitude variée des moines de la plus grande originalité? Ce prieur en robe grise jouant de la basse ne paraît-il pas inspiré, et celui qui l'accompagne, et cet autre qui vocalise, et ceux du fond, tous, dis-je, ne chantent-ils pas en maîtres et sous le feu de l'inspiration? L'expression des têtes est variée et leur caractère bien compris, les draperies sont larges et sévères et la disposition générale savante et mouvementée. — Pourquoi Adrien Villaert paraît-il confondu dans les masses, et n'a-t-il point cette importance magistrale qu'on lui désirerait ; et puis le doge et ses nobles ne s'enlèvent pas assez franchement sur le fond de cuir de Cordoue, leurs draperies manquent d'épaisseur et n'ont point de solidité. Si nous disons qu'au milieu du tableau un moine noir fait trou et que le ton général nous a paru trop jaune, nous aurons fait une juste critique, ce qui ne nous empêchera pas d'aller encore admirer le tableau de M. Hamman, et de le trouver un des meilleurs du Salon belge.

Dans son Christophe Colomb, le peintre nous a paru moins bien inspiré. Cette dunette n'est point heureuse, et les hommes qui se prosternent au cri de : Terre! terre! sont trop symétriques; ce ne sont point de rudes matelots dont le doute s'est emparé; ils sont vêtus comme des fils de bonne maison qui font une promenade en mer. Ce ciel et cette mer n'ont point de magie et ne disent rien. Ce n'est pas ainsi qu'a dû se passer ce grand drame, et ils n'ont point prié ainsi! Il n'y a pas d'onction dans leur pose, et ils ne remercient pas du fond de leur cœur ce Dieu qui prolonge leur vie. Oh! le grand poëte que Géricault! Personne n'est à genoux et tous les cœurs battent. Chez M. Hamman, l'enthousiasme n'est que dans la pose. C'est une scène parfaitement arrangée, mais où le peintre s'est trop souvenu de son voyage à Venise. Excusons-le, puisque sur deux tableaux nous en avons un presque parfait.

M. Willems, dans un Intérieur de boutique en 1660, s'occupe peu de l'impression, il travaille pour les yeux et rien de plus. Une jeune femme choisit des étoffes dans une boutique, et paraît demander l'avis de son amie qui est assise devant elle; un cavalier s'appuie sur le comptoir et un jeune commis présente une chaise à la belle acheteuse. Le marchand déplie ses étoffes, et paraît faire grand cas de sa cliente. J'oubliais un commis qui remet les marchandises en place et un fond de boutique avec accessoires. Cela eût suffi à Chardin pour créer un chef-d'œuvre. La mise en scène est parfaite, et toutes les passions, le désir et la coquetterie de la jeune femme, l'indifférence de l'amie, la cupidité du marchand, l'obséquiosité du commis, l'insouciance du cavalier, en voilà plus qu'il n'en fallait pour parler aux masses et impressionner la foule, si telle avait été la volonté du peintre. Malheureusement M. Willems s'en est fort peu occupé, et a préféré donner beaucoup d'importance aux accessoires qu'il a peints en maître, et à certaines minauderies, comme de faire relever à la jeune femme sa robe sans motif, qui n'ont d'autre but que de plaire à l'amateur méticuleux. Pourquoi alors esquiver la difficulté quand l'œuvre doit se racheter par le faire?... Par exemple, pourquoi peindre cette main gantée de jaune, qui est loin d'être élégante? pourquoi, dis-je, n'avoir point peint la main, puisque le peintre pouvait, comme Rubens, l'enlever chair sur chair. Était-ce trop difficile, je ne le crois pas... Quel est donc le motif de ce parti pris pour un praticien consommé; décidément, j'eusse évité le gant. Puisque la pensée de M. Willems s'est spécialement attachée aux détails, ils devraient être parfaits, et nous ne trouvons pas qu'il y ait excellé. Ce peintre étant accepté et ses œuvres menaçant de surpasser les plus célèbres en valeur, puisque ce tableau, nous a-t-on dit, a été payé 12,000 francs, ce dont nous sommes heureux pour l'auteur, nous aurons donc nos coudées franches et nous pourrons l'étudier à l'aise.

Commençons par dire que l'Intérieur de boutique nous paraît ordinaire de faire et de conception. La lumière n'est point franche, et nous lui préférons de beaucoup la Vente de tableaux exposé en 1853. Nous avons trouvé le dessin faible et les extrémités peu savantes. Par exemple, les mains du marchand ne se comprennent ni ne s'emmanchent, on ne sent pas les bras dans les manches de son pourpoint, et tout cela n'a que l'apparence de la forme. Les mains de l'enfant ne sont pas mieux dessinées et n'ont aucun mouvement. Que voulez-vous, puisque c'est par le faire que vous voulez briller, c'est donc au procédé que nous tenons. Est-ce que vous pensez que nous nous amuserions à ces méticularités avec un homme dont la pensée est une et qui communique sa verve au spectateur?... Non, mais du moment où vous y attachez de l'importance, il faut vous suivre sur le terrain. Aussi, nous empressons-nous de dire que la tête de l'acheteuse est adorable de ton, aussi bien que du modelé le plus fin; malheureusement, la narine ne s'enlève pas assez du nez et manque d'ampleur; la tête n'est ni dans l'ombre ni éclairée, cependant au coup de soleil qui paraît sur le cou, elle devrait être dans la demi-teinte; doute?... Puis, la partie gauche de la boutique est d'un ton rougeâtre qui n'est ni motivé ni balancé par le côté opposé, ce qui contrarie singulièrement la vue. Nous dirons aussi à M. Willems que nous trouvons l'ensemble prétentieux et cherché; que l'écran noir fait trou et qu'on le retrouve dans la Femme à la toilette avec le même défaut; que le chapeau de l'homme est également trop noir, et que l'écharpe est d'un bleu cru et peu élégant. Voilà ce que nous sommes obligé d'avouer, puisque le faire est tout et l'inspiration poétique nulle. Enfin, nous ferons observer au peintre que la deuxième phalange du pouce de la main du cavalier est mal emmanchée, et qu'en général ses mains donnent beaucoup à désirer; que les robes rose et noire sont d'une belle facture et d'un beau ton, mais qu'elles sont trop apprêtées; enfin qu'il n'y a point dans l'ensemble assez de laisser-aller et d'inspiration, et que si nous voulions continuer à disséquer une œuvre qui n'est que matérielle, puisque l'expression est nulle, nous pourrions dire hautement qu'elle est non-seulement inférieure à celles de M. Meissonnier, mais encore que la valeur que les amateurs lui donnent nous étonne étrangement. La Coquetterie, du même auteur, est un charmant tableau que nous préférons de beaucoup à celui-ci, et nous laisserons de bon cœur à son heureux propriétaire l'Heure du Duel. Un duel me paraissait une affaire sérieuse; sans doute que ce jeune seigneur en a l'habitude, quoique à sa manière gauche de tenir son épée, à sa physionomie calme et à la manière dont il regarde le cartel accroché au mur, il ne paraisse guère, dis-je, qu'il va se couper la gorge. D'où je conclus que M. Willems étant un peintre de talent, puisqu'il a celui de faire payer un de ses tableaux le prix d'un Rubens, ma manière de juger les œuvres d'art est très-contestable, et, puisque la majorité fait loi, je m'y soumets de bon cœur.

M. Madou est le Meissonnier de la Belgique. A l'inverse de notre *petit* peintre, il lui faut d'immenses compositions, des fêtes de village, des repas, des danses, enfin du tapage. Y réussit-il?... Nous vous répondrons que ses tableaux se vendent fort cher en Belgique. Le Trouble-Fête est une vaste composition à la manière de Téniers. Un jeune muscadin vient avec effronterie au milieu d'une fête caresser le menton d'une jeune fille. Stupéfaction des invités, boutades du prétendu, insouciance des plus délurés, voilà la mise en scène. Malgré cette nombreuse réunion, tout cela manque de verve; c'est parfaitement et très-adroitement peint, mais le faire est monotone et rappellerait assez celui de MM. H. Bellenger ou Lepoitevin; la couleur est morne et la touche manque de laisser-aller; ce qui ne veut pas dire que M. Madou soit sans talent, car nous lui en trouvons beaucoup trop, mais ce n'est pas celui-là que nous aimons.

Pourquoi M. Alf. Stevens, qui est comme M. Willems un peintre de talent, se laisse-t-il entraîner au système?... Pourquoi cette couleur uniformément noire et monotone, cette tendance au massif et ce *ragoût* pâteux?... Il a de si belles qualités, que nous déplorons ces écarts. M. Alf. Stevens a envoyé six tableaux qui se ressemblent un peu tous. Ce qu'on appelle le Vagabondage, nous a paru le plus important; nous nous y arrêterons. La scène se passe le long des murs d'enceinte, près d'une barrière quelconque. Une pauvre mère en haillons, riche cependant de l'amour de ses deux pauvres petits enfants, et quelle richesse! est traînée au poste. Ainsi le veut la loi! Deux fusillers la précèdent, l'un d'eux pourrait être son frère, mais la loi est impitoyable, et un caporal ferme le lugubre cortége. Une jeune femme, couverte de soie et chamarrée de velours, à la vue de tant de misère et attendrie des larmes de cette sœur en Jésus-Christ, se précipite vers elle et lui offre sa bourse, mais son cœur noble et généreux a compté sans la loi, et la consigne doit être exécutée. Un des soldats lui ordonne de se retirer, et la pauvre mère et la noble femme vont pleurer. Mais j'oubliais l'ouvrier, celui qui a toujours un sou pour le pauvre et la moitié de sa mansarde pour l'ami; j'allais oublier le denier de la veuve, l'aumône sacrée du pauvre, hélas! lui aussi ne pourra faire oublier à la malheureuse femme ses angoisses, car au geste du soldat, sa main. qui retirait l'obole, reste figée dans son pantalon de toile. La neige tombe et le froid est vif, car deux pauvres petits oiseaux gisent à terre!... Oh! que la pierre sera mortelle pour ces pauvres enfants! — Voilà, certes, du pathétique et une noble pensée. Qu'en a fait M. A. Stevens?... Une scène de mélodrame. Cela doit se passer ainsi à l'Ambigu-Comique, où l'on pleure toujours, par parenthèse, et la réalité est trop vive. M. Stevens, s'il avait tenu à un sujet aussi palpitant, en eût tiré un meilleur parti en le comprenant ainsi : la rue est déserte et sombre; une femme au regard have regagne son grabat; à sa mamelle amaigrie pend son nourrisson et sa main décharnée et crispée par le froid ne peut secourir son *grand* fils, le pauvre petit n'a que trois ans, qui se cramponne à ses haillons; car, comme les oiseaux morts, il ne veut pas rester sur le sol neigeux et glacé. Cependant, il en ramasse un pour le réchauffer, et la mère, pour qui c'est un mauvais pronostic, se prend à pleurer en pensant que le lait tarira et que son bien-aimé va mourir! Quand la belle dame, une de ces âmes que le bon Dieu crée pour le remplacer et donner du pain aux pauvres, à la vue de tant de misères, se précipite vers ces malheureux et leur offre l'or qui doit les sauver!... C'est ainsi que j'eusse compris ce tableau, et quoique M. Stevens l'ait peint avec énergie et d'un ton approprié au sujet, il n'y a point répandu assez de poésie. Tout se voit, rien ne se devine, c'est de la réalité. Pourquoi, comme nous le reprochions à M. Willems, la jeune dame relève-t-elle si prétentieusement sa robe?... c'est donc un parti pris, et bien inutilement, car le pied et le bas du jupon ne sont pas heureux. Tout, dans ce tableau, nous le répétons, est trop accusé et uniformément peint ; on voit que c'est un système, et le meilleur des systèmes est toujours mauvais à suivre. Le Souvenir de la Patrie est le plus complet des tableaux exposés par M. Stevens. Le dessin est accentué sans trivialité, la couleur énergique, et cette fois il y a de la poésie. Seulement, nous demandons à l'artiste si son guerrier est un noir ou un blanc.

Puisque nous en sommes aux Stevens, et ils luttent tous de talent, disons que M. Joseph peint les animaux en maître, et que sans MM. Jadin et Decamps, dont il s'inspire peut-être trop, nous ne lui connaissons pas de rivaux. Son Épisode du marché aux chiens est d'une vigueur et d'une énergie que pas un peintre ne possède : c'est campé comme Decamps et mouvementé comme Snyders; malheureusement les qualités arrivées à ce point sont dangereuses, et M. Joseph Stevens pourrait bien, s'il n'y prend garde, les voir se changer en défauts. Il en est des qualités comme de la vertu : un peu, pas trop n'en faut. S'il pouvait donner un peu de ce qu'il a de trop à M. E. Verboeckoven, comme nous nous ferions berger et que nous aimerions ses moutons !

M. Portaels, en l'absence de M. Gallait, tient le premier rang dans la peinture historique. Le Suicide de Judas est énergiquement peint et bien compris; son dessin est large et accentué et sa couleur franche et lumineuse : c'est un homme qui cherche et non un pastiche. Pourquoi, puisqu'il a si bien réussi son Judas, ses fonds sont-ils si plats et les tons si faux?... avec quelques retouches, le Judas serait parfait. Sa Caravane en Syrie manque également de couleur, mais est bien ordonnancée : il y a de 'effroi dans les têtes, et si le ton général était moins jaune, ce serait un délicieux tableau. Il paraît que les Belges, cette année, affectionnent le fourbe qui a vendu son maître, car M. Thomas a aussi peint son Judas : l'effet est compris ; c'est d'un bon ton et bien dessiné.

Parmi les peintres belges, le nom de M. H. Leys est un des plus célèbres ; néanmoins, les trois tableaux qu'il a exposés ne nous paraissent point à la hauteur de sa colossale réputation. Une femme et un enfant, au nouvel an, sortent d'une boutique où ces bons flamands viennent de donner au marmot, pour sa bonne année, un gros coq en pâte ; dans le coin, à gauche du tableau, un bourgeois fait l'aumône à un pauvre ; tout cela est sans air, la devanture de la maison ne s'éloigne pas, et l'ensemble du ton est monotone. Dans la Promenade hors murs, l'intention est plus marquée, quoiqu'on ne reconnaisse pas le fameux docteur de Goëthe ; il y a cependant de belles qualités et l'Allemagne se fait sentir ; le Bourgeois et sa femme trouvent fort drôle la témérité de Marguerite, et leur sourire narquois dit assez que le beau cavalier et l'adorable fille pourraient prendre des sentiers plus déserts ; les deux enfants sont d'un grand style et facilement campés ; mais ce pauvre Méphistophélès fait piteuse mine sur son banc et n'a point cet esprit diabolique dont l'a empreint notre grand poète Eug. Delacroix : les fonds sont lourds et le faire peiné ; c'est toujours prétentieux, mais M. Leys est à la recherche de l'expression et de la forme, et ses tableaux, malgré leurs défauts, nous charment. La Trentaine de Bertal de Haze est le meilleur tableau du peintre et a une jolie tournure : la scène, comme l'indique le livret, se passe dans l'église Notre-

Dame; les groupes sont savamment disposés, le caractère des têtes expressif, et l'ordonnance de l'ensemble magistrale; si ce n'est cette malencontreuse draperie verte qui sépare le cœur de la nef, et dont le ton est si lourd, le tableau de M. H. Leys serait un des plus sérieux du Salon. M. Van Moer a peint un Intérieur d'atelier où il y a beaucoup d'effet, et M. Van Hove Hubert une Synagogue que Rembrandt eût pu signer dans un pressant besoin d'argent. Feu Coulon, que les arts viennent de perdre, a quatre tableaux parmi lesquels nous avons remarqué le Premier Cheveu blanc. M. de Braeckelaer cherche toujours Ostade, et M. Delfosse, dans un Regret pendant le plaisir, se souvient trop de MM. Willems, Roqueplan etc. M. Mathysen a emprunté son sujet à un épisode de la Cour des Miracles, et l'a bien interprété : le Coquillard est *crânement* campé ; mais est-ce une poupée ou une enfant qui panse la plaie du Malingreux?... Le Bal à Goes, de M. Dillens, nous ferait presque croire qu'il a fait ses études à Londres; c'est coquet, joliment peint et cela ne manque pas de tournure. M. Aubin, en nous envoyant son Rubens chez Teniers, redevient Français, car je ne sais pourquoi on l'a classé parmi les Belges. La Sortie d'école, de M. de Block, est peinte avec beaucoup de verve, et MM. Eeckhout, de Keyser et Dickmans ont peint des portraits très admirés de leurs compatriotes.

La Gravière abandonnée est un charmant paysage et le seul de l'école belge qui puisse lutter avec notre école; c'est immense et sauvage, puissant et vigoureux de ton, énergique de faire, et la petite chèvre perdue au milieu de ce désert lui donne un parfum d'âpre poésie.

M. de Kniff est un excellent paysagiste qui sait faire parler la nature, et que nous serons heureux de retrouver au prochain Salon. M. Fourmois peint aussi dans un bon sentiment et la Mare est un charmant tableau. M. Lamorinière, sous ce simple titre — Paysage, — en a peint un excellent. M. de Winter a parfaitement interprété deux effets bien différents, un coucher de soleil et un clair de lune. Le Guet-à-pens, de M. Paternostre, est bien enlevé. Tous ces paysagistes ont compris que les Van de Velde, les Van Goyen, Huysmans avaient fait leur temps, et qu'il fallait chercher autre chose; c'est ce qu'ils font, et nous ne doutons pas de leurs succès.

Terminons en mentionnant les belles marines de MM. Clays et Lehon; Espoir et Déception, de M. Verlat qui peint si spirituellement et si grassement les animaux; le Convoi de chevaux, de M. T'schaggeny; la Bohémienne, de M. Linnig, et les chefs-d'œuvre de M. E. Verboeckoven que tout le monde connaît, que quelques-uns adorent,—ceux qui possèdent des loupes et qui ne regardent pas la nature, — et qu'il est inutile, après tout ce qu'on en a dit de bien, de louanger, et nous abandonnerons la Belgique pour l'Angleterre, dont la peinture nous paraît moins spleenique que le climat.

———

VOYAGE A L'ÉTRANGER.

(Deuxième Excursion.)

La lutte est impossible. — Hogarth et Louis XIV. — Lelly et Kneller. — Les ancetres. — Outre-Manche. — Caractere de l'école anglaise. — M. Leslie et la veuve Wadman. — Goya. — L'auteur s'extasie ! — La couleur d'Eug. Delacroix. — Sancho Pança. — M. Frith et le Bourgeois gentilhomme. — Molière et Shakespeare. — Teniers, Rubens et les Belges. — Le Sacre de la reine Victoria. — Un baptême. — M. Philipp et M. Guillemin. — La Dispute d'Oberon de M. Paton. — M. Ward est un peintre français par le cœur. — Louis XVI au Temple. Dernier sommeil d'un roi de France. — M. Ingres et M. E. Delacroix. — M. Hook et Paul Véronèse. — Venise comme on la rêve. — M. Besson et les maîtres mosaistes. — La saveur d'une rose. — M. Hayter et M. Paul Delaroche. — M. Knight et l'Écosse. — M. Hurlstone et la Marra. — Dernier soupir du Maure. — Un rayon de soleil. — M. Uwins et la poésie. — M. Pikersgill et M. Eastlake. — Les académies se ressemblent toutes. — — La Novice. — Soupirs et Regrets. — Amour, que me veux-tu? — M. Ellmore. — Bon public. — La pensée est à l'art ce que le cœur est à la femme. — Le Ingres de l'Angleterre et son Prud'hon. — M. Webster peint comme M. Biard. — MM. Goodall et Webster. — Un peintre au-dessous de sa réputation. — M. Mulready et ses Baigneuses. — Un tableau mis sous verre. — M. Mulready est M. Mulready, et voilà. — Suprématie des portraitistes anglais. — MM. Grant, Gordon, Magne, Webster, etc. — M. Dubuffe et le joli. — M. Courbet et son chef-d'œuvre. — Les peintres de marine. — L'auteur refuse de parler des paysagistes. — M. Landseer. — Qu'en dire ? — L'Écosse et les Alpes. — Que c'est beau ! — M. Holland et la Tamise. — Les aquarellistes. — Quel excellent graveur que M. Landseer !

L'école anglaise est généralement peu connue en France, et il ne nous avait point encore été donné de la voir au grand complet. Disons-le de suite : si les Anglais ne peuvent lutter avec nous, ils concourent de tout leur talent à la splendeur de l'Exposition. Si nous pouvions faire une étude complète de cette école trop peu connue de nous pour de si proches voisins, on verrait que depuis des siècles elle suit une marche ascensionnelle : Hogarth, dont le nom est si répandu et si souvent évoqué, est contemporain de Louis XIV, et a déjà près de deux siècles de postérité ; Lely et Kneller, deux bons peintres de portraits, le précèdent, et Rubens, Van Dick et Holbein semèrent leurs chefs-d'œuvre sur son sol, et formèrent la grande école des coloristes dont Reynolds et Laurence sont les chefs. L'école anglaise a donc des ancêtres!

Il est étonnant que les peintres d'outre-Manche, qui sont si voisins de la Belgique et de la France, aient un faire si dissemblable aux nôtres. Le caractère de leur peinture n'est ni une étude complète de la réalité, ni un amour exclusif de l'idéal, mais un mélange de simplicité et de poésie qu'ils mettent à la recherche de la vérité ; les Belges composent la nature, les Français l'interprètent, et les Anglais la rêvent : chez eux il y a toujours l'intention, et si le faire ne suit point l'idée, la pensée est profonde. M. Leslie est le premier des peintres anglais, et son tableau de l'Oncle Tobie et de la Veuve Wadman est d'un faire auquel nous ne sommes pas habitués et qui rappelle la fougue de Goya ; que la veuve est adorable et que sa pause, quoique vulgaire est engageante ; elle attire plus que l'attention, et l'amour y éclate ; quelle finesse narquoise dans le geste de l'oncle Tobie, quelle pose magistrale et quelle ampleur de formes!... en vérité, je ne vois rien de préférable à ce tableau, à cette couleur étourdissante de verve, à la liberté puissante de la touche, et à la simplicité magistrale de la composition ; avec un sujet si banal, il fallait être bien fort pour ne pas tourner au trivial. Dans Catherine et Petrucchio, la disposition des groupes est belle, mais un peu théâtrale ; néanmoins, le geste de Petrucchio est rempli de tournure : Leslie a bien la rage dans l'âme ; la couleur serait un peu celle de M. Eug. Delacroix, si on ne sentait qu'elle est personnelle à M. Leslie et que, comme notre célèbre peintre, il a puisé à la même source en étudiant Goya. Dans Sancho Pança, le peintre s'est surpassé, et la galerie nationale est heureuse de posséder un des meilleurs tableaux du maître.

La scène tirée du *Bourgeois-Gentilhomme* de M. Frith est remplie d'esprit ; peut-être y a-t-il un peu d'exagération, mais Molière a, comme Shakespeare, quelquefois frisé le grotesque, et nous excusons le peintre de ce léger défaut. Disons que son tableau est bien peint, d'un effet bien franc, carré d'expression et d'une couleur agréable et personnelle au peintre. Savez-vous bien, messieurs, que c'est quelque chose de n'être pas *un autre*, et que si les Belges cherchaient moins Rubens et Téniers, ils n'en vaudraient que mieux. Le caractère particulier des peintres anglais, et nous le disons à leur louange, est de voir la nature avec leurs propres yeux, et non avec les lunettes d'autrui ; ce n'est pas dire qu'ils soient parfaits, mais leurs qualités compensent leurs défauts. M. Leslie, dans sa Veuve Wadmam, est le seul qui n'ait point la sécheresse de faire de ses compatriotes, et cependant dans le Sacre de la reine Victoria, il n'a pu s'en exempter. Il serait curieux de rechercher si le climat n'est pour rien dans cette sécheresse que les meilleurs peintres n'ont pu éviter, et si ces reflets et cette transparence que l'on remarque dans leur peinture n'ont point une cause atmosphérique.

M. Philipp, dans son Baptême presbytérien, a été très-heureux. Un révérend va baptiser un enfant dont on serait volontiers le parrain en voyant la mère; la vieille maman fait un effort et paraît désirer présider à cette fête de famille; mais ses forces ne le lui permettent pas, et elle doit se résigner à laisser cette satisfaction aux plus jeunes. Tout cela est simple, bon et a dû se passer ainsi; c'est délicieux comme une vignette, on devine le cottage et on voudrait vivre de cette vie. Pourquoi toutes ces qualités sont-elles amoindries par des reflets si nombreux que la vue finit par se fatiguer. Pourquoi tous ces personnages sont-ils phosphorescents, reflètent-ils leurs rayons lumineux? Si M. Philipp avait le faire savant de M. Guillemin, ses œuvres seraient parfaites, car pas un de nos peintres n'a sa fraîcheur d'imagination. Nous ne félicitons pas M. Paton de sa Dispute d'Oberon et de Titania, et nous trouvons que cela est trop *fantaisiste*.

M. Ward est un peintre, français par le cœur, et qui a parfaitement interprété une épisode de la révolution, Louis XVI au Temple. Du reste, les artistes anglais paraissent affectionner ce sujet, car nous l'avons souvent vu gravé à Londres. Le roi, couché sur un lit en sapin, dort peut-être de son dernier sommeil, car ses nuits seront bien longues; sa famille l'entoure, et le dauphin, avec l'insouciance de l'enfance, joue au volant avec sa tante, Mme Élisabeth; la reine, cette noble mère, assise au milieu de la cellule, fait quelques points à l'habit de son royal époux. La scène est calme et religieuse; c'est bien ainsi qu'ont fini les descendants des rois! La résignation de cette noble reine est sublime, et la femme que la calomnie a outragée donne un démenti à ses calomniateurs. On est attendri devant l'œuvre de M. Ward, et tout est si calme, vise si peu au mélodrame, que l'esprit se complaît à la contemplation de ce dernier jour d'un roi de France. Au fond du cachot, les sans-culottes veillent et paraissent craindre de troubler le sommeil de ce bon père qu'ils mèneront à l'échafaud. Nous le répétons, la scène est expressive sans être mélodramatique, l'effet juste sans exagération, et le peintre a trouvé le sentiment idéal en restant dans la vérité. L'exécution de Montrose est plus théâtrale et nous a moins séduit, mais dans le Dernier Sommeil d'Argyle, nous avons retrouvé un peintre franc et vigoureux : c'est un beau tableau, joli d'effet, largement exécuté, d'une bonne pâte et d'un grand caractère. M. Ward, quoique le premier peintre d'histoire de la Grande-Bretagne ne pourrait cependant lutter ni avec M. Eugène Delacroix ni avec M. Ingres. Puisque nous jugeons l'école anglaise, n'établissons aucune comparaison, et disons que M. Ward est un académicien fantaisiste.

M. Hook comme M. Hamman, devrait oublier Paul Véronèse, et c'est peut-être le seul dans toute l'école anglaise qui s'inspire un peu trop des anciens, ou plutôt qui ne dissimule pas assez la profonde affection qu'il leur voue. Venise comme on la rêve, est trop la Venise des Véronèse et des Giorgion. Si on veut revoir cette Venise-là, autant aller au Louvre ou faire comme M. Besson a fait pour ses Maîtres mosaïstes, reproduire les types d'Éliézer devant Assuérus de Véronèse, et l'accrocher gaillardement à l'Exposition universelle. Mais M. Hook, qui est plus consciencieux, n'a point été jusque-là. — A un balcon de charmantes femmes et dans une gondole de beaux cavaliers, dont l'un reçoit une rose de la main d'une des houris, voilà tout le sujet. Peut-être l'odeur suave de la rose sera-t-elle mortelle, et celui qui la respirera disparaîtra-t-il.... C'est le secret de M. Hook. Je n'y vois pas si loin, mais je trouve tout cela joliment peint, d'une belle couleur argentée, exempt des sécheresses de l'école, mais aussi de son inspiration poétique. Tout le monde, avec de bonnes études, peindra un semblable sujet, mais il n'y aura que M. Leslie pour représenter l'Oncle Tobie.

Le Jugement de Lord John Russell est une magnifique composition digne d'être signée Paul Delaroche; excepté qu'il y a cinq figures dans la Jane Grey, et trois mille dans le tableau de M. Hayter. L'ordonnance est grandiose et lord Russell majestueux; le banc des juges impose et l'effet théâtral est complet. Cela est composé en maître et exécuté en praticien; tout le monde du reste en connaît la gravure. Malheureusement l'impression est nulle et le cœur ne bat pas; on ne sent pas assez que le noble lord défend sa vie. Le Mariage de la reine Victoria ne nous plaît pas, et à la manière dont les premiers peintres anglais l'interprètent, il semblerait que le sujet ne prête guère, puisqu'ils l'ont tous si mal réussi. M. Knight s'est inspiré de l'histoire d'Écosse, et il a rendu avec beaucoup d'effet la Prédication de John Knox. Les Naufrageurs, quoiqu'un peu noirs, sont bien peints. M. Hurlstone, président de la société des artistes anglais, est dans la Marra un peu de l'école de M. Robert Fleury. Dans son *Dernier Soupir du Maure*, il est plus sec et sa couleur est moins agréable.

M. Uwins nous a beaucoup impressionné avec sa *Veuve napolitaine*, aussi ne sommes-nous plus étonné de voir ce tableau acquis par l'Académie royale de Londres. Dans le fond d'un galetas repose sur un lit un enfant, il est mort! Un rayon de soleil vient encore caresser sa blonde tête et lui dire un éternel adieu. Sur le devant du tableau, sa mère, cette pauvre mère qui n'a plus de fils, est accablée de douleur : des chants de fête viennent briser son cœur, et elle ne peut s'y soustraire, car j'aperçois à travers la croisée des chanteurs, et la rue n'est-elle pas à tous! Le sentiment est profond dans l'œuvre de Uwins, et la scène m'impressionne plus que le mélodrame de M. Stevens. La poésie est une plante délicate qui se fane promptement quand on la violente : elle croît dans le mystère et ne s'épanouit qu'aux doux rayons de l'inspiration. Si elle fleurit, c'est sans qu'on y songe, et quand sa fleur est artificielle, elle n'a plus de parfum. Le *Sculpteur d'Images* en est la preuve, et l'adresse a tué l'inspiration. La composition de l'*Enterrement d'Harold* de M. Pikersgill est excellente et le faire soutenu. M. Eastlake, président de l'Académie, a exposé les *Pèlerins arrivant en vue de Rome*. C'est sagement composé et d'un faire uniforme; nous sommes bien étonné que le président de l'Académie anglaise ait si peu de ressemblance avec notre *faire* académique. M. Eastlake, qui est un homme de talent, ressemble à tous les académiciens du monde entier, quel que soit leur genre de talent : ils ont leur procédé et se moquent de l'inspiration; c'est très-correct, mais voilà tout. M. Ellmore, qui n'est point de l'Académie (à propos, le docte corps n'est pas nombreux, car pas un ne s'est encore trouvé au bout de notre plume), est un peintre de beaucoup de talent. La Novice est un gentil tableau, quoiqu'un peu rose; mais que voulez-vous? acceptons franchement les défauts et profitons des qualités. Comme elle a l'air de regretter le monde, et que les jeunes femmes qu'elle aperçoit du fond de sa cellule et qui agacent les masques éveillent ses désirs!... elle voudrait aimer aussi, elle;... la petite nonain voudrait se métamorphoser et ne plus soupirer sur le lit solitaire sur lequel elle repose;... elle rêve l'amour et ne songe plus à la mère des novices, que je vois paraître à la porte, et qui va lui relever le moral; elle ne veut plus entendre les chants du soir, car ils ne rendront pas le calme à son âme; elle aime et veut être aimée! quelle charmante et suave idée, et que la composition est bien comprise!... Décidément je préfère l'école anglaise et tous ses défauts, à l'école belge et à ses airs sérieux. Que voulez-vous? j'aime avec les premiers et je m'ennuie avec les autres; ce qui prouve, comme je l'ai toujours dit, bon public, que la pensée est à l'art ce que le cœur est à la femme.

Si l'Angleterre a son Ingres dans M. Dyce, qui a exposé une Vierge et l'Enfant Jésus d'un sentiment exquis et d'une suavité raphaélesque, dans M. Maclyse et son Épreuve du toucher; elle a aussi son Prud'hon dans le Passage du ruisseau de M. Poole : une jeune fille tenant dans ses bras un enfant traverse un ruisseau; le caractère général est ravissant, et les délicieuses têtes ont le faire et l'expression de notre Corrége français; le ton seul diffère et il tire comme toujours sur un rose fade. La Reine des Bohémiens est aussi un bon tableau du même auteur.

rempli d'originalité. M. Goodall a peint le Bal au bénéfice de la veuve, et y a mis une verve toute française. M. Webster peint comme M. Biard, et M. Mulready, qu'on nous avait annoncé avec tant d'emphase, ne nous paraît pas à la hauteur de sa réputation : de tous les tableaux exposés par le trop célèbre peintre anglais, le Loup et l'agneau nous a paru le meilleur : ces deux enfants qui vont en venir aux mains ont de l'expression, la peinture est franche et la touche vigoureuse; pour la couleur, nous n'en disons rien; en grâce, allez voir M. Mulready avant M. Eug. Delacroix! ses Baigneuses, mises sous verre avec beaucoup de précaution (je ne sais à quel propos), sont dignes de partager le sort de beaucoup d'artistes qui ne l'ont point mérité; mais, que voulez-vous, M. Mulready est M. Mulready, et voilà. Si le trop célèbre peintre a une aussi grande réputation qu'on l'affirme, il a dû peindre autre chose que ce qu'il nous a envoyé.

Si les peintres d'histoire de la Vieille Albion ne peuvent lutter avec les nôtres, en revanche (MM. Ingres, Flandrin et A. Duval qui rachètent leur monotonie de coloriste par une ligne magistrale, exceptés), M. Grant, avec les portraits de lady Rodney et de lord John Russell, M. Gordon avec celui du professeur Wilson et du prévôt Peterhead et quelques autres, n'ont point de rivaux à l'exposition de 1855. Ce sont bien là les descendants de Reynolds, de Laurence et de Jackson; je retrouve l'élégance et la distinction de leurs personnages, la finesse et le brillant de leur coloris, leur touche magistrale et le vague de leurs physionomies; ils ont bien saisi sous l'enveloppe grossière les traits mystérieux de l'âme humaine; ils ne se sont pas contentés de la forme extérieure, et ils ont exprimé sur la toile, avec un faire et une couleur étourdissante, les accents intimes de l'âme humaine. Si les plus beaux portraits étaient les plus *jolis*, M. Dubuffe serait un dieu; malheureusement il n'en est pas ainsi, et M. Dubuffe n'est qu'un simple mortel. Le portrait du professeur Wilson le représente assis, la main appuyée sur sa canne; la pose est belle, et la tête, qui est inondée de lumière, est ravissante de couleur et de modelé. Celui du docteur Wardlaw, par M. Magne, et les deux petites têtes peintes par M. Webster, que nous préférons de beaucoup à ses grandes toiles, sont supérieurs comme finesse de ton et de modelé à tous les portraits de l'exposition; le seul qui puisse lutter avec eux, et j'en vois d'ici qui riront bien, c'est le portrait de M. Courbet, peint par lui-même : c'est sale, si vous voulez, mais c'est un chef-d'œuvre.

M. Hollins a peint d'excellentes marines d'une grande vérité de ton et bien mouvementées; mais c'est toujours la Manche, et elles ne peuvent lutter avec Gudin. Dans les Pilotes sur la plage de Deal, l'effet est lumineux, les eaux d'une belle nuance argentée, le ciel courant bien et l'ensemble brillant; si M. Hollins ne peut lutter avec notre Vernet, il est incontestablement supérieur à la plupart de nos peintres de marine. M. Cook, dans son Lougre français donnant dans la passe de Calais, est de la même école et comprend la mer; sa petite nature morte rouge et noir pourrait être signée Ph. Rousseau. Les paysagistes ne sont point sérieux, et nous n'en parlerons pas, puisque les comparer ce serait les chagriner.

Pourquoi M. Landseer est-il venu nous désillusionner ! Nous admirions ses compositions, si bien interprétées par d'excellents graveurs, pourquoi nous a-t-il fallu voir les originaux ! Comme M. Verboeckoven, M. Landseer compte les poils de ses chiens, comme le célèbre Belge celui de ses moutons et lutte de rendu et de fini avec lui. Que pourrions-nous conter au public pour nous rendre aussi intéressant? Décrire un des neuf tableaux de M. Landseer, c'est les étudier tous. Les Conducteurs de Bestiaux (M^es d'Écosse) nous représentent un groupe d'Highlanders au premier plan, des chevaux et des vaches au second et un fond de montagnes. — L'Écosse n'est pas plus faite pour M. Landseer que les Alpes pour M. Diday de Genève. Regardez à la loupe le tableau ; c'est merveilleux de sécheresse et de finesse : pâmez-vous d'aise tant qu'il vous plaira, mais pour nous, qui ne portons jamais de loupe, nous disons que les graveurs qui interprètent si largement les œuvres de M. Landseer devraient les peindre et lui passer le burin ; nous nous aventurerons un peu plus haut à gauche dans la travée, et nous irons rêver devant la Tamise de M. Holland. M. Th. Gautier, qui s'y connaît, y était en même temps que nous ; et de dire : Que c'est beau ! Il faut voir comme l'effet est fantasque et avec quel mouvement le ciel est tourmenté ; comme la mer est déchirée, et comme les pâles rayons de la lune sont mystérieux ! Et le plan des eaux, et la vapeur qui enveloppe l'hôpital de Greenwick, comme tout cela est compris et interprété ! M. H. Holland, vous êtes un grand peintre, vénitien de sentiment, coloriste d'inspiration et poète de naissance. Nous laisserons les animaux de M. Landseer, et même ceux de M. Cooper, qui leur sont bien supérieurs, et nous reviendrons rêver avec vous. Nous visiterons aussi les beaux temples de M. Roberts, et au besoin nous suivrons M. Glass dans sa Marche de nuit. Nous admirerons les belles aquarelles si savamment lavées et si bien exécutées de M. Cattermole, et nous les préfèrerons à celles du célèbre M. Fielding. Nous dirons que M. Grant a peint dans le portrait de M. Beauclerk les plus séduisants king's-charles que nous ayons jamais vus; nous avouerons même que les sculpteurs anglais ont d'assez belles qualités de faire; mais en grâce, ne nous parlez jamais de la peinture de M. Landseer, si vous voulez que nous admirions les splendides gravures qui éterniseront sa mémoire.

LES COLORISTES.

M. Diaz. — Rembrandt et la lumière. — Un peintre sans rivaux. — Élégie nocturne. — Le rêve et la vie. — Un bouquet de femmes. — La baguette d'une fée. — Rubens et Prud'hon. — Une trilogie. — Le soleil et M. Diaz. — Tout ce qu'on voudra. — Un rêve de bonheur. — Une dernière larme — Le poete s'est fait homme. — Pourquoi?... — Les filles d'Ève. — Les honneurs du paradis faits par M. Camille Roqueplan. — Le fruit de notre première mère. — La femme et l'ombre. — Une première leçon d'amour. — Jean-Jacques et ses confessions. — 39,000 fr. ! — C'est à prendre ou à laisser. — Entraînement irrésistible. — M. Eugène Isabey. — Un bouquet de roses sur un plat d'argent. — Fantaisies féminines. — Quelles jolies pécheresses!... — Inconvénient d'avoir trop d'esprit. — Encore une fois, point de noirs. — Engouement du public. — M. Baron. — Trois personnes en un seul peintre. — Trois sens qui n'en ont point. — Amende honorable. — Incarnation de M. Devedeux dans le musée Philipon. — Beaucoup d'imitateurs et point de rivaux. — M. Louis Duveau. — Il est sans *péchés*. — Toute route n'est pas bonne à suivre. — La baie des trépassés. L'ami de la vérité. — De la couleur *intime*. — Les grands poëtes sont de grands coloristes. — MM. Luminais, Fortin et Guillemin. — M. E. de Beaumont. — M. C. Roqueplan s'aperçoit que son lion n'était qu'un chat. — M. Trayer et Jean-Jacques. — Délicieuse distraction. — On va abandonner les biberons. — Pardon pour M. Poussin. — Le peintre du peuple. — Jeanron et la mode. — M. Bonvin à la messe. — M. Boulard et sa cuisine. — Une nature morte qui a enterré son peintre. — Mlle Henriette Brown. — MM. Brest, Yan, Dargent, Dubasty, Dumarest, Duverger, Gluck, etc. — Une Bretonne bien tournée. — MM. Herbstoffer, Hillemacher, Pluyette, etc. Un peintre d'un délicieux genre. — Une peur de l'Académie.

M. Diaz est un des fanatiques de la lumière ! Comme Rembrandt, il ne connaît point de ténèbres. Il pénètre de ses rayons les nuits les plus obscures et la nature pour lui est toujours illuminée. Ce sont les pâles reflets de la lune qui viennent éclairer *sa rivale* ou l'épanouissement lumineux d'un rayon de soleil qui agite voluptueusement les désirs de *sa nymphe tourmentée par l'amour*. Si Dieu nous a donné les prés fleuris, les campagnes splendides, les bois touffus, il a aussi voulu que M. Diaz, son interprète fervent, nous initiât à leurs beautés et nous fît comprendre leur langage mystérieux. M. Diaz, avec sa Rivale, n'a point de rivaux.

L'heure est passée où les troupeaux abandonnent les vergers ; les lézards sont cachés dans les pierres séculaires, et le cri sinistre du hibou trouble seul le silence de la nuit. A peine entend-on le bruissement plaintif des feuilles et le murmure des eaux. La forêt ne retentit plus des sanglots de l'amante et la mort a terminé ses angoisses ! Amour, pourquoi es-tu si cruel et dédaignes-tu l'encens que l'on te prodigue? — L'insensée !... Peut-être le doute?... car sa rivale, mystérieuse et timide, vient, suivie de l'amour elle aussi, jouir de sa victoire ! Quel beau rêve, et quel poëte que M. Diaz ! Il nous impressionne aussi facilement qu'il peint ; et il n'y a pas dans le monde entier un pays où l'éclat du soleil et où les pâles rayons de la lune soient plus lumineux ou mélancoliques que dans les créations du célèbre peintre.

Diaz n'a besoin que d'un coin de forêt pour y faire fleurir un bouquet de femmes et y produire des effets imprévus. Il peuple d'odalisques l'intérieur d'un harem et dispose du soleil comme le sultan de ses femmes. D'où vient ce grand magicien?... dont le pinceau est plus fécond que la baguette d'une fée.... Quel est son maître?... A qui a-t-il emprunté ce charme, cette couleur, cette poésie que pas un ne possède?... Il est créateur, il est lui-même !

M. Diaz procède des plus grands coloristes et ne ressemble à personne. Il a le brillant de Rubens et la fantaisie sentimentale de Prud'hon, la couleur argentine de Corrége et la fougue des Espagnols; il colore ses paysages des teintes empourprées de Claude Lorrain et emprunte à Salvator Rosa, pour les sites agrestes, l'âpreté de son pinceau. Enfin, pour animer sa peinture éblouissante, il dispose du soleil et de la lumière comme un favori sûr de son empire ou comme un amant auquel il faut obéir. La fécondité du grand peintre est aussi inépuisable que la poésie de la nature. Avec des arbres, du soleil et des femmes, il nous peindra dans la même journée autant de tableaux qu'il aura eu d'impressions. C'est vraiment un peintre bien extraordinaire que M. Diaz!

Les paysages de M. Diaz, et malheureusement pour nous il n'en a pas au salon, rivalisent de beauté avec ceux des plus grands maîtres et font pâlir ses rivaux. C'est une plaine immense ou un coin de forêt, des landes où les chiens se perdent dans les fougères, ou de vertes prairies où les chevaux nagent dans les hautes herbes comme dans des plaines liquides, ou bien encore un dessous de bois et quelques Délaissées, ou un pacha et ses préférées; c'est tout cela, et même plus, car c'est la nature idéalisée !

Quel malheur de posséder un paysage de M. Diaz, quand la vie matérielle vous enchaîne, et qu'on serait heureux de jouir de cette nature qu'il vous rend si belle; et cependant, puisque le bonheur n'est jamais complet et qu'il nous est défendu de jouir de l'ombre des grands arbres et de nous enivrer de l'odeur des buissons odorants, soyons heureux qu'il y ait un peintre qui puisse, en interprétant la nature plus belle qu'elle n'est, nous procurer le bonheur que nous cherchons et dont le magique pinceau nous transportera, à sa fantaisie, au bas-préau, ou, en compagnie d'odalisques aux couleurs plus diaprées que le rubis, dans quelques palais ignoré de l'Asie-Mineure.

M. Diaz n'a que six tableaux à l'exposition universelle des beaux-arts. C'est trop peu : la Rivale, la Nymphe tourmentée par l'Amour, une Jeune femme recevant d'enfants, si beaux qu'elle en doit être la mère, les présents d'amour, une Nymphe endormie que des amours ne peuvent réveiller, et les Dernières larmes, qui nous en feraient verser, et de bien amères, s'il n'était signé : N. Diaz. Pourquoi ce malencontreux tableau?.., Pourquoi le poëte s'est-il fait homme!

M. Camille Roqueplan fait, comme M. Diaz, de la peinture franche et lumineuse. Il est impossible de voir un tableau d'un effet plus piquant, d'un faire plus brillant et d'une couleur plus soutenue que les Filles d'Eve. C'est un paradis terrestre que l'on voudrait habiter et dont ces trois charmantes jeunes femmes feraient parfaitement les honneurs. En effet, je vois, malgré l'entrain qu'elles mettent à cueillir le fruit qui a perdu leur mère, que leur esprit est ailleurs ainsi que leur cœur. Mais la femme est ainsi faite, que jamais l'action du moment ne l'occupe entièrement; elle est comme notre ombre : fuyez-la, elle vous suit; aimez-la, elle vous déteste.

Dans un paysage au ciel mouvementé par de capricieux nuages, à l'ombre de beaux grands arbres et à l'entrée d'un verger, trois jeunes filles, presque des femmes, cueillent des fruits. L'une d'elles, celle qui tient la branche, est la plus insouciante et l'amour ne l'occupe pas encore; un peu en arrière, dans la demi-teinte, son amie se penche pour les recevoir; et assise sur le devant du bosquet et la plus rêveuse des trois, celle qui aime sans doute, répète sans y songer sa première leçon d'amour. Le démon la tourmente et son cœur voudrait parler, ne fût-ce qu'à l'écho; elle voudrait confier son secret à ses folles amies; mais elle les trouve si insouciantes et son secret lui est si doux, que, bon gré mal gré, elle partage leurs jeux. Ce ravissant tableau des Filles d'Ève rappelle, par le charme de son exécution et la vivacité du coloris, deux scènes des Confessions de Jean-Jacques que M. Roqueplan a traitées il y a plusieurs années et qui sont les perles des collections qui les possèdent. Son *Alchimiste*, exposé en 1833, a été vendu à la vente du duc d'Orléans 39.000 fr.! Quel prix peut-on assigner au délicieux tableau que M. Roqueplan expose cette année?... M. Febvre, qui s'y connaît, s'en est, dit-on, rendu acquéreur à un prix assez élevé. Quelque élevé qu'il soit, nous sommes persuadé qu'il n'aura pas de peine à le doubler; car les Filles d'Ève valent l'Alchimiste, et le talent de M. Roqueplan est de ceux qu'on ne marchande pas.

La couleur du tableau de M. Roqueplan est unie et variée, sa touche piquante et spirituelle. L'air circule bien, et, à l'exception des nuages qui sont un peu cotonneux, le ciel et le paysage sont d'une beauté irréprochable. M. Roqueplan est un praticien consommé, qui sait interpréter la nature et mettre en scène mieux que pas un le sujet qu'il veut traiter: aussi nous extasions-nous sur la fraîcheur et la naïveté des jeunes filles, sur l'ampleur des étoffes et la grâce de leur ajustement, et surtout sur la puissance du faire et la vigueur du ton qui font de M. Roqueplan un des plus puissants coloristes de l'école moderne.

Les quatre tableaux de M. E. Isabey ont toute la coquetterie du maître. Déjà, aux précédentes expositions, nous en avions apprécié les qualités ; nous connaissions donc la cérémonie dans l'église de Delft.

Une foule de personnages du XVIe siècle, pimpants et enrubannés; des élégantes la tête entourée de larges guipures blanches, — un vrai bouquet de roses sur un plat d'argent, — luttant de fraîcheur et d'épanouissement, assistent à une cérémonie ou à quelque grande fête dans l'église de Delft. La disposition architecturale est imposante, les groupes bien distribués. Entre toutes ces privilégiées de la fortune et de la beauté, on remarque surtout une adorable jeune femme sur les marches de l'escalier entourée d'une foule de jolies pécheresses qui minaudent le plus délicieusement du monde. Malgré ce charme de couleur, cette adresse de faire, ce très spirituel feu d'artifice, nous sommes obligé d'avouer que tout dans ce tableau a la même importance. Les chairs, les draperies, les étoffes, les dentelles, les armes, et jusqu'aux décorations de l'édifice, tout est peint et touché de la même manière; il en résulte, et c'est un défaut capital, un miroitement et un papillottage fort désagréables à la vue. Enfin, l'effet se trouve détruit par une profusion de petits détails inutiles beaucoup trop accusés, et par une touche si pétulante et répandue avec tant de profusion qu'elle en devient monotone. Le défaut de M. E. Isabey est d'avoir trop d'esprit.

Le Combat du Texel a beaucoup changé, et les oppositions, de vigoureuses qu'elles étaient, deviennent noires et font trou. C'est le sort réservé aux tableaux de M. Eug. Isabey s'il continue dans la manière qui lui est si familière depuis que le public s'en est engoué. Espérons qu'il reviendra à son point de départ, et que ses tableaux pourront encore être signés : Eug. Isabey.

M. Baron, malgré une originalité inquiète, cherche la couleur de Diaz, la fantaisie d'Isabey et le faire de M. C. Roqueplan. Ses tableaux, où l'on trouve des qualités sérieuses, se ressemblent un peu tous, et ses sujets sont indifféremment traités de la même manière; sa couleur est généralement rouge et uniforme, sa composition apprêtée et l'agencement de ses draperies est trop tourmenté. Les tons disparates qu'il affectionne ne se fondent pas assez dans l'harmonie générale, et il en résulte pour la vue un malaise que les belles qualités du peintre ont de la peine à atténuer. Dans ses lithographies, qui sont des plus belles, ce défaut devient une qualité puisque la vigueur du ton n'est point détruite par sa qualité. L'Ouïe, le Toucher et le Bouquet, sont trois charmants tableaux où les qualités de M. Baron abondent sans être exempts de ses défauts.

L'auteur du *Musée Philippon*, M. Devedeux, est un peintre que le talent de M. Diaz tourmente; il lui manque malheureusement les harmonies délicates du maître et ses inspirations poétiques : M. Devedeux aura beau faire, ses paysages ne verdiront jamais; ses figures resteront incrustées dans la toile. Puisque c'est un artiste sérieux, pourquoi ne peint-il pas suivant son sentiment?.... Quand on séduit la foule en s'assimilant le talent d'un autre et que le nom se change en métal, il n'y a plus d'excuse à persévérer dans une fausse route. Vous aurez beau faire, messieurs, M. Diaz aura des imitateurs mais jamais de rivaux.

M. Louis Duveau m'a paru, lui aussi, subir le fluide magnétique. Qu'il y prenne garde ; il est plus facile de suivre le courant que de le remonter ; et si nous n'étions un de ses vieux amis et que nous ne sachions ce qu'il vaut, nous serions effrayé de la route qu'il suit. Les Sept Péchés capitaux est le tableau le plus important de M. L. Duveau : cette composition nous a étonné du peintre de la Baie des Trépassés, des Émigrés ; et nous étions loin de nous attendre à un pareil sujet de l'auteur du beau tableau de Marino Faliero. Pourquoi ce changement subit dans le talent de l'artiste.... Puisqu'il avait une prédilection pour les aspects sauvages de la nature, pourquoi renie-t-il ses croyances?.... Quel est le mauvais esprit qui le fait si souvent douter de lui?..... Monsieur Louis Duveau, je vous le répète, vous êtes un homme de talent ; vous écouterez la vérité et l'accepterez d'autant mieux qu'elle vous viendra d'un ami.

Les Sept Péchés capitaux, peinture vive et variée, pèche par sa variété même. Il n'y point d'unité dans l'harmonie générale, de parti pris dans la conception poétique. Ce ne sont point les couleurs vertes, bleues, rouges, etc., employées avec le plus de crudité qui constituent le coloris ; mais bien la couleur mystérieuse que le peintre a rêvée à la création de l'œuvre. Que si c'est un naufrage, la couleur *intime* sera verte : si c'est une bataille, elle sera chaude et empourprée, grise et enfumée; si c'est une orgie, où tous les vices seront réunis, elle ne sera point rose et pimpante, mais elle se colorera des teintes chaudes et cyniques qui éclairent l'Assasinat de l'évêque de Liége ; le dessin sera mouvementé, saccadé comme la haine ; énervé comme la luxure ; dissimulé comme l'envie : Enfin, tout dans l'œuvre devra concourir à l'impression générale. Voilà ce que vous auriez dû faire, Monsieur Duveau, si le doute ne s'était emparé de vous. Oh! les grands coloristes que les grands poëtes !

Le Berceau vide, quoiqu'une réminiscence des peintres bretons, doit être classé parmi les bonnes productions du Salon. Il y a dans ce tableau unité de pensée et de couleur, deux qualités sans lesquelles le peintre peut exister, mais non le poëte : Monsieur Duveau, vous les possédez, utilisez-les.

M. Luminais a trois tableaux : les Dénicheurs d'oiseaux de mer, le Grand carillon et la Leçon de plein-chant, qui se trouvent perdus dans une des travées du Salon. Son talent est de fraîche date, et, s'il ne se laisse entraîner par une vogue factice, M. Luminais deviendra un de nos peintres les plus séduisants. Qu'il évite, surtout, la fréquentation trop assidue d'un certain hôtel de la rue Drouot où l'artiste se métamorphose si promptement en spéculateur. Pauvreté empêche souvent les bons esprits de parvenir. Les préceptes que l'on émet sur l'art dans cette grande boutique ont fait bien des victimes, et, à quelques exceptions bien rares, nous ne voyons point briller au Salon ceux qui y ont quelque vogue.

Les figures de M. Luminais, malgré leur allure particulière et leur franche bretonnerie, ne sont point assez sérieusement peintes; je leur voudrais un dessin plus ferme et plus accusé, des chairs plus modelées, des draperies faites sur nature avec des plis dans le sentiment de leur forme ; de plus, je désirerais un faire aussi varié que les objets représentés. Quant à la lumière, M. Luminais est passé maître et il la répand à profusion : le Grand carillon a de la tournure, et, en terme d'atelier, est crânement enlevé.

M. Fortin, un de la bande, peint dans un bon sentiment mais il voit la nature trop sombre. Des cinq tableaux qu'il a exposés, les Vêpres, qui n'est point des meilleurs, a eu par cette raison les honneurs du Salon carré; il est trop sec et trop vert; le Bénédicité, qui le coudoie, est trop noir. En revanche, la Leçon de musique est un charmant tableau délicieusement peint et d'une franche naïveté. Si M. Fortin peignait toujours comme cela nous ne voyons que M. Guillemin qui pût lui être comparé. Puisque le nom du chef de l'école bretonne se trouve sur notre chemin, disons qu'il règne malgré ses rivaux, et que c'est toujours le premier de nos peintres réalistes.

M. Guillemin a exposé quatre tableaux. C'est un de nos meilleurs peintres de genre et celui qui sache le mieux allier le sentiment matériel de la forme au sens poétique. Sa peinture a une signification et il est rare qu'il n'atteigne le but qu'il s'est proposé. Dans son tableau de Pâques fleuries le sentiment religieux est bien compris et parle au cœur : une jeune paysanne bretonne orne de buis une statuette de la Vierge ; son mari, assis sur un banc, se joint à sa pensée, et un enfant qui se joue entre eux complète la mise en scène. Bel exemple pour l'enfant, bonne pensée de la mère. On est pénétré à la vue des époux de leur foi sincère; on devine, à leur bonheur, que cette branche en a remplacé une autre et qu'ils sont récompensés des prières qu'ils adressent à leur bonne Vierge, comme ils la nomment naïvement. En Bretagne et en Normandie, dans ces landes et le long de ces falaises où la civilisation n'a pas encore pénétré, le culte catholique s'associe toujours aux actions de la vie et nous conduit, sans y songer, à la mort. Les croyances, perdues dans nos villes policées, sont là-bas profondes et sincères, et ce que nous prenons pour de la superstition n'est chez eux que la manifestation de leur foi. La mère, en fleurissant la sainte Vierge, met sous sa protection tous les siens. Malgré l'attrait de cette composition le faire tourne au léché, et nous voyons avec peine M. Guillemin chercher M. Meissonnier.

M. E. de Beaumont aime MM. C. Roqueplan, Couture, Diaz, etc., et tous ceux dont les qualités le séduisent : il n'y a encore rien à dire; mais qu'il les *cherche* tour à tour, et qu'il ne nous exhibe que de pâles réminiscences de leurs œuvres, c'est ce qui nous plaît moins. Nous nous sentons incapable de découvrir dans Un peu de beau temps, les qualités éminentes qui l'ont fait placer si avantageusement. Si M. Roqueplan passe devant ce tableau, il en rira, comme le jour où, dans une vente publique rue des Jeûneurs, il aperçut un lion amoureux qu'il prit pour une copie du sien; mais, en y regardant de plus près, il vit que le lion n'était qu'un chat. En dirons-nous autant des *Écueils de la vie*, placé qu'il est sous la *Décadence*?.... Comme l'un tue l'autre, M. Couture absorbera M. E. de Beaumont. — Puisque cet artiste fait de si charmants dessins, pourquoi ne fait-il point de bonne peinture?..... C'est le secret des gens qui ne *flânent* jamais le long du chemin, mais qui vont droit au but.

Nous retrouvons dans M. Hédouin un bon peintre, un coloriste qui a bien l'instinct de la nature. A l'exemple de M. A. Leleux, il s'inspire de la vie dans ce qu'elle a de plus saisissant. L'effet, dans la *Moisson à Chambaudouin*, est aussi franc que la touche et la couleur de M. Hédouin rivalisent avec les plus lumineux.

Un des noms les plus récents parmi les peintres est celui de M. Trayer ; il ne date guère que de 1852. Il n'imite personne, quoiqu'il soit de l'école de M. Guillemin, et ses charmants tableaux sont toujours la reproduction simple et naïve des scènes les plus familières. Hier, c'étaient deux jeunes femmes qui changent la forme de leur robe, charmante occupation qu'elles renouvellent si souvent et à laquelle elles trouvent tant de charme. Aujourd'hui, c'est une mère qui donne le sein à son cher *baby*, délicieuse distraction qu'elle peut, cette fois, renouveler à satiété. Si ce tableau avait paru lors de l'apparition de l'*Émile* de Jean-Jacques, que de mères il eût converties et quels beaux hommes nous aurions! mais il était écrit qu'il viendrait un siècle après et que l'humanité s'en ressentirait. Que le beau tient à peu de chose! Et ce petit enfant qui ne me paraît pas être bien friand de bain de pieds malgré les caresses de sa mère et les exhortations de la suivante. Comme tout cela est bien composé et grassement peint; que la touche en est large et la couleur heureuse!... Si vous continuez ainsi, monsieur Trayer, vous vous ferez adorer des mères et admirer des artistes. — Surtout ne dites à personne que vous vendez vos œuvres, car l'année prochaine bien des faux frères se présenteraient... Mais j'y songe, il est aussi difficile de vous dérober votre couleur et votre sentiment, que de prendre un rayon lumineux à Diaz ou de rendre la sombre sauvagerie d'Eug. Delacroix.

M. Poussin, dont nous revoyons le Pardon, peint trop sagement et n'a point assez de défauts. — Tout dans son tableau est bien, sinon irréprochable, est-ce à cause de cela qu'il ne nous dit rien?... S'il faut des qualités, pas trop n'en faut. Soyez mauvais, mais impressionnez-nous.

Que dire de M. Jeanron dont le talent jadis fut si populaire?... Que penser de l'auteur des beaux dessins de la Vie du Prolétaire et d'une foule d'œuvres remarquables où la fougue et l'audace rivalisent avec les premiers maîtres? Rien, sinon que la mode est une coquette et que M. Jeanron ne lui a jamais fait deux doigts de cour; aussi l'a-t-elle négligé. Ceci n'empêche pas M. Jeanron d'être un de nos plus énergiques peintres et qui serait au premier rang si l'art sérieux était compris. La plupart de ses tableaux ont déjà été exposés et le Berger Breton est le seul que nous ne connaissions pas. Le reproche que l'on pourrait faire à M. Jeanron est le peu de stabilité de ses goûts : des marines, des paysages, un portrait et des tableaux de genre sont beaucoup pour notre époque de spécialités. — On veut que le peintre, comme le bottier, fabrique ses toiles comme l'autre ses bottes sur le même modèle ou la même forme. — Mais M. Jeanron qui est aussi poëte que pas un vous dira : Et l'inspiration?... Et l'amateur de répondre : A d'autres!

Un des descendants de Chardin, M. Bonvin, a exposé cinq toiles : toutes sont empreintes de la bonne manière et de la franche naïveté de faire du célèbre ami de Diderot. La Basse Messe à laquelle on assiste est comprise avec un grand sentiment religieux; l'onction est profonde et la foi vive. C'est ainsi que l'on aime prier et non point dans nos temples dorés où le luxe des assistants et la richesse du saint lieu insultent à la misère de l'indigent. On est toujours tenté à la vue de ces dorures de déshabiller les employés pour couvrir ceux qui les paient. La Religieuse tricottant, du même artiste, est aussi empreinte d'un vrai sentiment. Pourquoi M. Bonvin, avec un talent si sérieux, ne cherche-t-il pas à se débarrasser de ces tons roux, noirs et lourds qui dérangent l'harmonie de ses tableaux. Et puis, il tourne un peu au parti pris; qu'il y songe.

M. Boulard, encore un nouvel élu, commence à prendre place parmi les bons. Ses quatre tableaux en sont la meilleure preuve. Que MM. Guillemin, Luminais, A. Leleux, etc., y réfléchissent, car si M. Boulard veut prendre patience et qu'il ne se contente pas de faire des à peu près; qu'il continue à faire de sérieuses études et qu'il abandonne la pochade, nous ne sommes point embarrassé de son avenir. Qu'il évite de tomber dans la fabrique et qu'il ne fasse pas comme M. Villain qui, lui aussi, avait donné de belles espérances. Sa Nature-Morte cette année ne vaut pas ce que nous avions vu de lui.

Nous n'en dirons pas autant de Mlle Henriette Browne dont le nom jusqu'à ce jour nous était inconnu. Elle est élève de M. Chapelin mais ne le pastiche point; ses cinq tableaux sont autant de petites perles: si elle égraine de la sorte tout le collier, quelle riche moisson pour le Salon prochain. Naïveté de l'enfance, finesse du ton, harmonie générale. Mlle Browne réunit toutes ces qualités au plus haut degré. Pour elle, vouloir c'est pouvoir. M. Brest, dont les Bords du Var sont perdus dans la travée des dessins, nous a paru un peintre sérieux. M. Van Dargent a rendu avec un grand sentiment de couleur et de poésie les Derniers Rayons d'une chaude journée. M. Dubasty, qui a envoyé une dizaine de tableaux, fera bientôt parler de lui. Nous avons vu un Intérieur de Forêt de M. Dumarest et une charmante composition pleine de sentiment et de poésie, les Larmes du Foyer, peinte par M. Duverger. Mlle Eugénie Grun a une Jeune Bretonne bien tournée. M. Faivre la Réprimande, et M. Gluck la Promenade.

On croirait le Guet-à-pens de M. Herbstoffer peint par M. Penguilly. M. Hillemacher a six tableaux un peu uniformes, et M. Pluyette, la Vieille et les Deux Servantes, que nous n'avons pu découvrir.

M. Courbet est cette année mis un peu à l'écart, ce qui ne l'empêche point d'être toujours M. Courbet et le seul peintre capable de signer son magnifique portrait. Nous reviendrons sur lui ainsi que sur M. O. Tassaert. Nous prédisons à notre peintre réaliste un fauteuil d'académicien; si l'envie lui en prend jamais, il n'a qu'à continuer son *délicieux* genre et la peur le fera accepter. Si M. Eugène Delacroix avait été de l'Académie il y a trente ans, nous aurions aujourd'hui quarante chefs-d'œuvre de moins.

ANIMAUX. — PAYSAGE. — MARINE.

Ou les animaux parlent. — Mademoiselle Rosa Bonheur, MM. Troyon, Jadin, Brascassat et la nature. —Rêverie champêtre. —M. Verboeckoven et la propreté. — Le Boudoir et l'étable. — Une source où se désaltèrent les paysagistes. — Voix intérieures. — L'indiffé ent devant la nature. — Grands seigneurs au petit-lever de leur dieu. —On interprète, mais on n'invente plus. —M. Troyon berger. — Une goutte de rosée et un brin d'herbe. — Engourdissement. — Un lever de soleil. — Quatre bœufs marchent deux à deux. — Beaucoup avec peu. — Que c'est beau ! —Pastorales de Trianon. —Paul Potter et Albert Cuyp. — Peu de critique pour beaucoup de louanges. — La Vallée de la Touque. — Il veut détrôner Oudry !... Qui sait? — Le praticien et le poète. — Mademoiselle Rosa Bonheur au Salon. — Encore quatre bœufs deux à deux. — Lutte héroïque. — Il y a deux vainqueurs. — Tintement de l'angélus. — Sous la coudraie. — La Fenaison en Auvergne. — Un ciel lapis-lazzuli. —Nicolas Poussin à propos de ciels. — Soyez vigoureuse, mais non pas dure. — Jalousie. — M. Brascassat et son anatomie. — Lutte de taureaux. — Encore un vainqueur. — M. Jadin et ses meutes. Taio ! taio ! quelle curée ! — Ce n'est ni du Decamps, ni du Snyders, ni du Desportes, ni de l'Oudry, c'est du Jadin ! Les deux charbonnières de M. Palizzi. — Amoureuses velléités. — C'est très bien, mais ce n'est pas cela. — M. Philippe Rousseau à table. — Sociét' choisie. — Les rats et l'Académie à propos de panse. —M. de Rotschild et sa salle à manger. —Je la préfère à la mienne. — Les artistes de chez Guignol. — Quinze jours à Gérard Dow pour modeler un poil de barbe. — M. Couturier et ses poules. — Autant d'œufs que de tableaux. — MM. Monginot, Salmon, etc., etc., sont de grands peintres si le génie consiste dans la pratique. —Les paysagistes. — Rendez-vous où personne n'a manqué. —*Veni, vidi, vinci.* —MM. Théod. Rousseau et Eug. Delacroix. —Le soleil pâlit. — Forêt de Fontainebleau illustrée. — Où l'auteur se laisse entraîner. — Rêvons avec M. Corot. — Songe d'un soir d'été. — Une brise légère. — L'auteur, en compagnie de Théocrite et de Virgile, prend un bain avec des nymphes. — Le grand poète que M. Corot. —Les arts d'imitation n'ont pas pour but l'*imitation.* — Métamorphose de M. Français. — MM. Lambinet et Daubigny sont de francs réalistes. — Un rhume de cerveau. — Du grand style de M. Cabat. — M. Desjobert rappelle à l'auteur sa Normandie. — Les paysagistes à théorie. — MM. Flandrin, Gourlier, etc., oublient que le soleil existe. —Usez-en, mais n'en abusez pas. — MM. Flers,

Huet, Ciceri, Achard, etc., etc., et leurs genres. — Les desservants de M. Corot. — La nature entière soupire !!! — M. Legrip et son moulin. — Restauration de l'école impériale ? — M. Gudin et ses lieutenants. — MM. Isabey et la Manche. — Traversée de M. Mozin entre la bonne ville du Havre-de-Grâce et Honfleur. — M. Morel-Fatio ne prend jamais le large. — M. E. Berthélemy est un bon capitaine, mais il attend un commandement. — M. Durand-Brager, Barye, etc., font le grand cabotage. — M. E. Le Poitevin et les ours. — L'auteur décrit très poétiquement trente tableaux en dix lignes. — M. Th. Gudin et l'immensité !

Cette année, les animaux ont trouvé leur La Fontaine : Voilà des taureaux de pure race, grands comme nature, et qui mugissent. Est-ce bien surprenant ? Non, puisque mademoiselle Rosa Bonheur, MM. C. Troyon, Jadin, Brascassat, etc., prennent la nature pour guide. — Que nous sommes loin des Bidault, des Bertin, etc., des paysagistes romantiques de l'école impériale ! Ces grands peintres composaient un paysage sans sortir de chez eux ; — car M. Watelet est le premier qui ait osé envisager la nature en face, — et avec un tombeau et un fragment de colonne au premier plan ; un peu d'architecture, un beau bouquet d'arbres bien panachés et une figure grecque ou romaine au second ; des montagnes bleues ou roses et un beau ciel bien serein, le tour était joué. — C'était joliment peint, mais affreusement laid. — Aujourd'hui, nous ne travaillons plus comme cela, messieurs, et si vous avez encore quelques séides, vos champions leur portent de rudes coups. Et cependant, MM. Bidault, etc., étaient persuadés qu'ils copiaient la nature… Hélas ! que ne se contentaient-ils de la copier sans vouloir l'embellir !

La nature pour maître, dites-vous ?… Oui, si, comme mademoiselle Rosa Bonheur, MM. Troyon, Jadin, etc., vous savez l'interpréter. Cette étude de la nature exige autant de sentiment que de pratique, et avant d'en rendre l'imitation matérielle, il faut écouter son doux et mystérieux langage. Que si, devant un de leurs tableaux, mes yeux parcourent les prairies ou se reposent dans de frais bocages; s'ils s'égarent dans le branchage des saules ou s'ils se perdent dans les horizons lointains; si dans ces animaux je vois les naseaux se gonfler et s'élargir, l'œil s'humecter; que si, à la plissure de leurs lèvres, au mouvement des oreilles et à leur respiration lourde et vibrante je les vois s'animer, je dis : voilà la nature! Elle a revêtu une image qui m'est sensible, ses grâces me touchent, sa voix me parle, je l'aime!

Laissons donc de côté le naturalisme, qui n'est que le suicide de l'essence poétique par l'imitation matérielle. Ne cherchons point à toucher du doigt des petits animaux bien proprets et luisants, comme les peint si bien M. Verboeckoven; ne cherchons point, dis-je, à les prendre dans notre main sans la salir; ne nous amusons point à peigner leurs poils luisants, à admirer leurs jolis yeux de verre et leur frais museau; qu'ils rentrent dans leur boudoir, puisqu'ils ne sont pas dignes de l'étable. On peut étudier tout cela et le rendre à la perfection : mais le sentiment poétique ne s'acquiert qu'à la contemplation de la nature, seule source où se désaltèrent nos paysagistes.

La nature a des voix intérieures qui parlent au poëte : plus elle est vague, plus ils la révèrent; plus elle leur prodigue ses splendeurs, plus ils la chérissent; plus ils sont seuls avec elle, plus le mystère règne, mieux elle leur parle. La nature est un grand livre où chacun peut lire, mais où bien peu savent profiter de leur lecture. Combien d'artistes la dédaignent! combien, peu préoccupés de l'utilité de ses conseils, et n'ayant pour horizon que des bâtiments symétriques et des rues bien alignées, se contentent de l'inventer! combien d'artistes, dis-je, portant en eux la désillusion, le besoin et l'oubli, restent indifférents à la poésie des ombres, des rochers et des eaux. Cependant la nature est toujours belle quand l'âme est empreinte de ses beautés, et les scènes champêtres, les sites agrestes, les eaux murmurantes et les forêts mystérieuses et solitaires parlent toujours au poëte!

En effet, pour l'indifférent, la nature est toujours la même; elle peut quelquefois, dans ses effets imprévus, leur apparaître grande et belle : le torrent qui écume les étonne, la crête des monts les surprend, l'immensité des mers les frappe; mais ceux qui l'observent et l'étudient en comprendront seuls le sens mystérieux et poétique. Pour eux seuls ses trésors cachés, ses plus secrètes beautés; elle leur prodiguera ses plus grandes faveurs; elle leur fera entrevoir la richesse infinie de son coloris aux mille facettes; elle les initiera à ses effets intimes; elle leur dévoilera ses formes puissantes et majestueuses; elle leur prodiguera, comme à un amant passionné, ses plus profonds secrets! Alors vous surprendrez la disposition de ses lignes ondoyantes et mouvementées, l'éclat de ses plus riches couleurs, le mouvement fantasque des ombres et de la lumière, et si vous vous appelez C. Troyon, Rosa Bonheur ou Brascassat, vous créerez un chef-d'œuvre.

Nos paysagistes, depuis quelques années, affectionnent singulièrement la nature; ils habitent les champs et la consultent à chaque heure du jour. Ils aiment à assister, comme les grands seigneurs, au lever et au coucher de leur Dieu. Ils sentent que sans lumière rien n'existera, et ils ont fait du soleil leur grand prêtre : ils s'agenouillent quand il disparaît dans les nuages empourprés, et le grand astre, comme la terre qu'il éclaire, n'a plus de secrets pour eux.

L'artiste de nos jours ne se contente plus d'inventer la nature, mais il l'interprète. Comme M. Troyon, il se promène autour des troupeaux ; il parcourt les prairies et moissonne les récoltes avec mademoiselle Rosa Bonheur ; il s'enfonce dans les landes désertes et dans les fourrés impénétrables avec MM. Diaz et Anastasi ; il se couche à l'ombre des saules et sur le bord des rivières avec M. Lambinet ; il rêve les sites poétiques et crée des idylles comme M. Corot ; — et s'il s'appelle, le grand artiste, Jadin ou Brascassat, il lui emprunte ses formes les plus énergiques ou anime de sa fougue puissante ses robustes taureaux ou ses chiens trapus. Il devine, le clairvoyant rêveur, la goutte de rosée qui perle sur l'herbe ; il surprend les vapeurs du soir engourdir les lointains et lui dérober peu à peu la cime des monts. — Aux premiers rayons matinals, il devance le retour du soleil et surprend la nature encore endormie. Il n'aperçoit encore de l'astre brillant que son disque obscurci, les limites de son orbe à demi effacés, et ses rayons encore confondus, étouffés, perdus dans l'épais brouillard rougeâtre qu'il va dissiper. — Déjà les nuages s'effacent, la terre s'éclaire, la rosée disparaît, et bientôt le sommet des collines, le haut des clochers, la cime des forêts, les faîtes des chaumières, les bourgs et les villages, les animaux dans les herbages, les chiens dans les forêts, tout s'anime, tout va parler : la nature, brillante et resplendissante, se réveille parée de ses plus beaux atours. Le soir, quand la lumière s'affaiblit, que les nuages se meuvent, se séparent, s'assemblent et vont endormir de leurs vapeurs condensées le grand dispensateur de la lumière, notre artiste, toujours prêt à surprendre les secrets de son amante, voit l'orage monter, entend les troupeaux bêler, les taureaux mugir et les bergers regagner à la hâte leur chaumière. Alors la foudre éclate, l'éclair fend la nue, les nuages se déchirent, la cîme des arbres frissonne, le vent s'élève et le torrent ravage les campagnes qui ce matin s'éveillaient resplendissantes de fraîcheur.

Celui qui n'a pas habité les champs, qui n'y a pas vu le matin ce ciel grisâtre qui n'a point encore de ton; celui, dis-je, qui n'a pas senti cette tristesse de l'atmosphère qui annonce encore de la pluie pour le restant du jour, sera moins impressionné devant les Bœufs allant au labour, de M. C. Troyon. Il faut se rappeler cet aspect blême et mélancolique empreint sur les champs après une nuit pluvieuse, pour comprendre toute la poésie de ce tableau. — Quatre bœufs marchent deux à deux et regagnent leur charrue. Une grande plaine et une route au milieu que suivent les bœufs, voilà toute la composition. — Vous savez qu'on fait beaucoup avec peu. C'est ce qui est arrivé. Malgré sa simplicité, nous croyons la nature si franchement comprise, qu'un paysan s'écrierait : Que c'est beau! — Car le culte de M. Troyon est sincère.

Comme Albert Cuyp et Paul Potter, il enveloppe ses troupeaux d'une lumière blonde qui en dévore les contours extérieurs sans leur rien ôter de leur vigoureux coloris. Sont-elles grandes et fortes ces puissantes bêtes! ces taureaux à l'échine noueuse, au museau mugissant, qui regagnent paisiblement la charrue et qui vont sans murmurer s'accoupler sous le joug! Quels membres trapus et quelle marche solennelle! En vérité non... ces bœufs ne sont pas faits pour les bergeries pastorales de Trianon... On ne distingue point le grain de leurs naseaux, il est impossible de compter le poil lustré de leur robe. Ah! vraiment oui, ce sont de vraies bêtes, des animaux comme Dieu les a créés et comme M. Troyon sait les peindre. Paul Potter seul eût pu lui disputer la palme! La solidité des premiers plans et la dégradation lumineuse de la perspective aérienne si difficile à rendre sur une surface plane; la virilité de la touche et la force et la vérité du coloris sont tous les signes d'un admirateur fervent de la nature et font de M. C. Troyon un peintre hors ligne.

Des huit autres tableaux du même artiste, empreints tous des mêmes qualités, nous préférons la Vallée de la Touque. Dans un immense herbage resserré entre deux collines, comme il en existe entre Lisieux et Vimoutiers, nagent dans les hautes herbes des troupeaux de bœufs et des chevaux de labour. Quel beau tableau! que l'heureuse propriétaire, madame la comtesse Lehon, doit en être fière! C'est étourdissant de beauté, et la nature n'a jamais été mieux comprise. Nous aimons tous les tableaux de M. Troyon, mais nous vouons à celui-ci une affection particulière, et nous le préférons aux Bœufs de labour. Que critiquer dans cette magnifique et grandiose interprétation de la nature? On pourrait encore, en y mettant beaucoup de bonne volonté, critiquer les Bœufs de labour : le ciel pourrait ne pas être assez meublé et manquer de lumière et d'effet pour un terrain aussi brillanté de reflets; il ne fait peut-être pas assez la voûte et manque de profondeur. Tout cela est bien peu, et si nous ajoutons que les bœufs paraissent petits et qu'ils sont perdus dans la toile, nous aurons à grand'peine trouvé quelques défauts à ces perles fines, et nous pourrions répéter, sans être taxé d'enthousiasme exagéré, que M. Troyon est le plus grand peintre d'animaux que la France ait peut-être jamais eu.

Dans la vallée de la Touque, ces défauts n'existent plus, et les taureaux, quoiqu'ils soient de petite taille, n'en sont pas moins de pure race et grands comme nature; leurs formes, fièrement accentuées, sont énergiquement peintes et la couleur des plus soutenues. La Vue prise en Normandie est encore un des plus beaux tableaux du maître. Les vaches sont bien jetées, le fini plus précieux sans perdre de sa force, et le coup de soleil heureusement accroché. C'est évidemment le tableau le plus fait de M. Troyon, et il ne nous y habitue point assez. Les chiens courants et d'arrêt nous montrent son talent sous un nouvel aspect. Ceux qui sont au repos possèdent d'excellentes qualités et nous ont paru les meilleurs. M. Troyon ne se contente plus d'être notre Paul Potter, il veut détrôner Oudry : Qui sait ! Pourquoi M. Troyon, qui est un grand praticien, bien adroit et très énergique, ne se corrige-t-il pas d'un défaut qui contrebalance souvent ses grandes qualités, c'est-à-dire d'un faire lourd et systématique? Pourquoi tant d'uniformité dans son exécution? Puisqu'il sait animer ses bêtes d'un souffle divin; puisqu'il leur distribue si abondamment la vie et la couleur; qu'il étudie plus sévèrement leur charpente intérieure et qu'il ne se contente pas de formes trop souvent indécises. Outre cela, sa pâte est uniforme et son faire dégénère en parti pris. En posant trop crûment et après coup un ton verdâtre dont il est trop friand, M. Troyon donne du brillant à ses tableaux au détriment de leur harmonie. — Monsieur Troyon, que la science du praticien ne nuise point à la pensée du poëte, et vous régnerez sans partage.

Mademoiselle Rosa Bonheur, au salon de 1855, dispute la palme à M. Troyon, et, ce qui est surprenant, c'est que mademoiselle Rosa Bonheur a justement peint un tableau qui semble avoir été fait exprès pour pouvoir être comparé aux Bœufs de labour, et qui nous permettra d'apprécier le mérite des deux artistes. Que ces rencontres ne sont-elles plus fréquentes de maîtres à maîtres! Il ne s'agirait pas de faire un tableau pastiche pour entrer en lice, mais bien d'interpréter la nature chacun dans son sentiment. C'est ce qu'a fait mademoiselle Rosa Bonheur, mais avec une originalité si distincte de celle de M. Troyon, qu'il y a vraiment lutte entre eux. Le sujet choisi par les deux éminents artistes est presque le même : dans l'un les bœufs vont au labour; dans l'autre, les quatre mêmes bœufs, attelés à une charretée de foin, s'apprêtent à en revenir. Il semblerait vraiment que les deux peintres se soient entendus entre eux pour ce vaillant tournoi. Quel progrès pour l'art que ces luttes! En Italie, les musiciens composaient sur le même poëme, et le poëme ne comptait pour rien dans le succès. En Grèce, les poëtes dramatiques brodaient sur le même canevas, et le plus ou moins d'assassinats, de meurtres, de coups de poignards, de viols et d'adultères n'était pour rien dans leur triomphe! Si cette lutte existait entre les peintres, avec quelle chaleur n'irions-nous pas au Salon! Quelles controverses s'élèveraient entre nous, et, chacun s'appliquant à soutenir sa préférence, quels progrès pour l'art! quelles lumières n'acquerrions-nous pas! Ce ne serait point une lutte de prisonnier à prisonnier, comme à l'école des Beaux-Arts, mais un combat d'homme à homme, de maître à maître!

La Fenaison en Auvergne, voici le sujet choisi par Mlle Rosa Bonheur. La nature est animée, malgré les vapeurs qui s'exhalent de la terre et que le soleil n'a point encore dissipées. Quatre beaux bœufs d'Auvergne, à la race courte et trapue, sont attelés à une charrette et s'apprêtent à l'ébranler quand la dernière gerbe va être chargée. Des Faneux, dont un est sur la charrette et les autres autour, se pressent d'en finir, car le ciel est si lourd, l'air si épais, les hirondelles volent si bas, que l'orage grondera avant la fin du jour; et puis Nones vont sonner, et chacun, au premier tintement de l'Angelus, va se hâter de gagner la ferme; au fond se déroule un paysage noble et majestueux, l'œil parcourt une immense campagne dorée par les feux ardents d'un soleil tropical. Belle composition parfaitement rendue. La récolte sera belle, et la joie va renaître au foyer.

Voici, messieurs les peintres, les scènes qu'il faut savoir animer quand on se mêle de faire du paysage. C'est ainsi qu'un sujet champêtre devient autant et plus intéressant qu'un fait historique. On y voit le charme de la nature, on y respire les plus doux parfums; on devine que ces bons paysans, que nous plaignons tant dans leurs rudes travaux, s'ils ont leurs peines, ont aussi, en dehors de leurs occupations champêtres, leurs plaisirs, leurs passions; et que le soir, dans la coudraie, ils devisent souvent de leurs amours. Si, au sublime du technique, l'artiste flamand réunissait le sublime idéal, on lui élèverait des autels.

La Fenaison est un beau, très beau tableau, vigoureusement peint, et d'un grand caractère; il est peut-être d'un style plus poétique que celui de M. Troyon. Les bœufs sont énergiques, vigoureux et parfaitement campés, et le dessin est plus serré que dans les Bœufs au labour, et la forme plus cherchée. Néanmoins, malgré ces qualités, ils n'en ont point la liberté d'allure, et sont beaucoup moins lumineux que ceux de M. Troyon. Si les terrains sont baignés de lumière, le ciel manque complètement d'air. Il est lourd et sans expression; c'est du lapis lazzuli à couper au couteau, et il n'y a pas un oiseau qui n'y périsse étouffé. Ce ciel ne fuit point, ne se meut point, et il pèse comme une calotte de plomb sur ces pauvres bêtes. Est-ce le manque de soleil ou la vapeur du matin qui n'est point encore dissipée, qui le rendent si monotone? Ce qu'il y a d'étonnant, c'est que Mlle Rosa Bonheur ni M. C. Troyon n'ont ni l'un ni l'autre compris leurs ciels. Savent-ils que Nicolas Poussin consacra quatre années de sa vie à cette étude, et que ses lettres l'attestent!... mais aussi quels ciels il a peints! c'est sec, c'est dur si vous le voulez; mais quel style, quelle forme, quel profondeur infinie!...

Les personnages, ou figures, ne sont point assez faites (ne pas confondre avec léchées) pour les animaux. — L'artiste se complairait à rendre à la perfection le mufle d'un taureau, et négligerait la tête d'un homme?... Ce n'est ni logique ni rationnel; Ne faites ni l'un ni l'autre, ou terminez-les tous deux. Nous engageons sincèrement Mlle Rosa Bonheur à remédier promptement aux observations que nous venons de lui faire, car elle doit savoir l'importance que peut avoir le ciel et combien il fait valoir une composition; qu'elle y songe, car c'est peut-être son seul défaut. Soyez vigoureuse, j'y consens, mais ne soyez point dure. Dans la Fenaison, la qualité existe, mais le défaut est trop sensible. Mlle Rosa Bonheur, quand on éveille la jalousie, il faut savoir désarmer la critique par ses grandes qualités, et c'est ce que vous avez fait.

M. Brascassat, quoique moins libre dans son faire, n'en est pas moins un de nos premiers peintres d'animaux. Sans avoir le laisser-aller et le brio de M. Troyon, son faire est plus consciencieux, et son anatomie plus savante. En général, il charpente mieux les animaux que ses concurrents, et ils sont dessinés et peints avec plus de précision. M. Brascassat, comme on s'est plu à le répéter, n'a point le précieux de l'école belge, et si ses paysages ne sont point merveilleux, on ne peut en dire autant de ses animaux.

La lutte des taureaux est la répétition d'un tableau exposé par M. Brascassat en 1846; l'exécution, quoique minutieuse, est franche et vigoureuse. La couleur en est harmonieuse et le dessin des plus cherchés; cependant, nous lui préférons le Repos d'animaux, belle page qui peut lutter avec les plus forts. Le groupe de la génisse et des deux moutons est parfait de couleur et de dessin; la lumière est des mieux comprises et c'est certainement un des plus beaux tableaux du Salon.

Un peintre dont la réputation est universelle, M. Jadin, trône au Salon avec huit tableaux et une meute des plus nombreuses — Tout cela grouille et sent le chenil en diable. — Ils ont tous un parfum de curée et un avant-goût de charnier. — Ce sont de bons limiers, acharnés sur la piste une fois qu'ils l'ont. Ils sentent la grosse bête, et s'apprêtent à forcer le sanglier. Taio! Taio! quelle curée! Monsieur Jadin, vous êtes un grand chasseur, car à vos meutes, on devine l'homme. Vos limiers ne sont point en carton, comme j'en connais, mais ce sont de beaux chiens trapus aux muscles d'acier, à la gueule bien meublée, des enfants de pure et bonne race. Dans la Retraite prise, vous vous êtes surpassé. Ce n'est point du Decamps, ni du Snyders, ni du Desportes, ni de l'Oudry — c'est du Jadin!

Nous ne pouvons en dire autant de M. Palizzi, car nous ne trouvons dans ses trois tableaux que des réminiscences plus ou moins bien interprétées. — Pourquoi M. Palizzi, qui est un artiste consciencieux et amoureux de son art, ne cherche-t-il point, lui aussi, à n'être que Palizzi? Ses deux meilleurs tableaux nous paraissent être les Charbonnières. — Forêt de Fontainebleau. Dans l'un, deux ânes, à l'air simple et naïf, devisent ensemble et réfléchissent, au milieu d'une clairière, à leur bonheur présent ou à venir. — Leur charge les occupe, car ils regardent d'un air pensif leur carriole. Ils sont inondés de lumière. — Qu'un chardon leur ferait grand bien! car à leur air pensif, il leur manque quelque chose. Peut-être ne sont-ce que d'amoureuses velléités qui occupent leurs pensées!... C'est ce qu'on voudra; mais ce qui nous paraît bien compris et ce dont nous sommes convaincu, c'est que l'effet général est luxuriant, parfaitement rendu, et grandement peint. Mais ces qualités tiennent à la partie pratique de l'art, et l'artiste s'est un peu trop vite contenté. — C'est très bien, mais ce n'est pas encore cela.

M. Philippe Rousseau est un peintre beaucoup plus sérieux, et qui se contente difficilement. Voilà le Rat de ville et le Rat des champs. Ils sont dignes de vivre et de converser ensemble, et M. Rousseau l'a si bien compris qu'il leur a servi un splendide repas. Je parie que ces rats-là, à voir leur panse bien garnie, estiment autant la bonne chère que n'importe quel académicien. On voit que M. Philippe Rousseau est le premier peintre de M. de Rotschild, et qu'il sait comment une table se sert; il prodigue, même aux rats qu'il invite, guipure, bohême, fruits exquis, et ses convives le sentent si bien qu'ils sont là comme chez eux. Pourquoi le fond et la partie gauche du tableau sont-ils aussi lourds?... Pourquoi la guipure a-t-elle l'air, non d'une nappe à jour, mais usée!... Pourquoi?... C'est que la perfection n'est point de ce monde, et que M. Rousseau est un simple mortel. Les panneaux de la salle à manger de M. de Rotschild rappellent le faire et la couleur d'Isabey, et c'est un tort. La composition n'est pas heureuse, les horizons manquent de solidité et le ciel de vigueur. Nous pouvons en dire autant de la cigogne; mais, avec les Artistes de Guignol, nous retrouvons le maître. — Si son exécution est moins fine et moins pointillée que celle des Gérard Dow et autres, qui mettaient quinze jours à modeler un poil de barbe, son faire est plus large, plus abondant, et infiniment plus magistral.

M. Philippe Rousseau est le Meissonnier de la nature morte.

Après M. Rousseau, nous trouvons M. Couturier et ses poules; il fait un tableau aussi facilement qu'elles pondent un œuf. — Est-ce à dire que l'un vaille l'autre? Oui, si M. Couturier se reposait l'hiver. Malheureusement pour lui et pour nous, il est de toutes les saisons. Nous engageons cet artiste, qui est un peintre de talent, à moins prodiguer ses œuvres et à suivre le conseil que nous donnons à M. Luminais. Ses trois tableaux sont trop habilement peints, et le Héron blanc de son avalanche de gibier détruit complétement l'effet. Si M. Couturier est un praticien consommé, que n'est-il un peu poëte, tout le monde y gagnerait et il n'y perdrait rien.

M. Monginot peint aussi bien que M. Couturier, et lui rendrait même des points. Sa peinture est d'une pâte trop régulière, ses frottis systématiques, et son faire n'est pas assez, ou plutôt est trop habilement exécuté. Dans sa grande nature morte, le daim jeté à droite des légumes est d'une facture trop molle et manque d'énergie. Si le génie consiste dans la pratique, MM. Monginot et son confrère sont de bien grands peintres! M. Salmon, dans la Gardeuse de Dindons, adore le gris fumée; M. Coignard affectionne le jaune pour ses pâturages, et M. Esbrat ne rêve que M. Troyon.—Ils peuvent fort bien avoir tous trois raison, mais j'en doute. Mademoiselle Léonie Lescuyer voudrait bien lutter avec sa rivale; malgré ses Chevaux au vert, nous attendrons le Salon prochain. — M. Melin a exposé quatre tableaux de chiens. — Si Jadin n'existait pas, M. Mélin serait meilleur, car il n'exagérerait pas les défauts de M. Jadin. — M. H. Loubon a une nature à lui et il la choie. Il peint poussière; cela n'est pas trop laid; mais, à force d'en voir, on finira par s'en fatiguer. — Et M. Busson a envoyé les Environs de Montoire, que l'on croirait peints par M. Troyon. Le groupe de ses Vaches à l'abreuvoir est bien composé, l'effet en est lumineux, et les arbres, ainsi que les fonds, sont d'une grande légèreté. Voici un nouveau nom pour le prochain Salon.

Les paysagistes sont au grand complet. L'école française, rangée en bataille, étonne le monde par sa splendeur. Pas un n'a manqué au rendez-vous, car tous sont assez forts pour lutter. Avec des chefs comme MM. Th. Rousseau, Corot, Français, Cabat, Desjobert, etc., la victoire ne pouvait être indécise, et ils n'ont eu qu'a se présenter pour vaincre.

M. Théod. Rousseau, le peintre le plus flamboyant de ce temps-ci, l'Eug. Delacroix de son genre, a prodigué ses chefs-d'œuvre. — Treize paysages plus lumineux que le soleil, rien que cela! Quand on est millionnaire, c'est de la parcimonie, et les treize paysages de M. Th. Rousseau sont à peine la vingtième partie de ce qu'il a produit.

Comme les maîtres, M. T. Rousseau fait, avec le même motif, autant de paysages différents qu'il se présente d'effets : ce ne sont toujours que forêts, landes, lisières de bois et plaines, coteaux, marais et fougères; mais quelles forêts! quelles landes! quels effets! c'est un rhythme fantasque et toujours mélodieux; ce sont des campagnes baignées de lumière, des lointains embrasés de pourpre, des hautes futaies noyées d'air; c'est une poésie ardente et inépuisable! Voilà la forêt de Fontainebleau..... ce petit chemin qui longe la lisière des Monts-Gérard m'y conduit bien, — c'est bien cela : — sauvage, âpre et désert. Le ciel, avec sa forme capricieuse, me fait rêver, et cette pauvre vieille qui se perd dans le sentier m'intéresse : harassée de fatigue, elle regagne sa hutte où de pauvres petits, les petits de ces petits l'attendent affamés: — et ces beaux grands arbres en ont pitié et la protégent de leur ombre. Comme c'est calme! c'est du silence et de la rêverie; c'est la grande voix de la nature qui parle et qui communique au poëte sa mélancolie!.... Et ce marais dans les landes. — Arrêtons-nous-y donc; — suivons ces troupeaux de vaches et abandonnons la forêt pour les plaines; — reposons-nous à l'ombre de ce bouquet d'arbres, et assistons de tous nos yeux et de toute notre âme à ce splendide spectacle! les troupeaux rentrent, — les routes sont désertes, et bientôt d'épais brouillards envelopperont la terre. — Qu'il sera doux, vers le soir, de goûter la fraîcheur de la nuit. — L'astre qui embrase ces lointains va bientôt disparaître dans son lit empourpré, et la nature reprendra son aspect sombre et solennel.

M. T. Rousseau ne voit dans la nature qu'effets imprévus, impressions fugitives, sensations mystérieuses. Son âme ardente et sensible est en proie à toutes ses agitations, et frissonne à ses moindres mouvements. La nature est pour lui une amante adorée qui lui prodigue les plus secrètes pensées de son âme. L'approche des hommes ne l'a point corrompu : — où les uns sont sobres, il est ivre, — où le peintre raisonne, lui, enthousiaste, sent! Vous dire maintenant, lecteur, si M. T.

Rousseau fait des ciels aussi beaux que tel maître,.... peint des arbres comme tel autre,.... enfume les eaux de brouillards aussi bien que celui-ci,.... je ne sais; mais ce que je puis vous affirmer, c'est que M. T. Rousseau est le premier paysagiste du monde entier.

Si la peinture, comme nous le disions, a pour but de communiquer au spectateur l'impression que l'artiste ressent devant la nature; si les mouvements de l'âme doivent correspondre aux sensations du peintre, M. Corot peut lutter avec Théod. Rousseau.

Dans les tableaux de M. Corot, la nature est une belle jeune fille dont un voile recouvre les fraîches et tendres couleurs, les beautés pudibondes; mais elle reste belle, mystérieuse, remplie de grace et de volupté. Avec M. Corot, nous rêvons solitaire et pensif à notre premier amour; il nous berce de doux songes sur les bords solitaires de lacs enchantés, et quand vers le soir de la vie nous nous prenons à pleurer, il nous fait revoir de nouveaux horizons. Quel poète que ce grand paysagiste! ce ne sont que nymphes et amours qui peuplent ses vergers; — ce ne sont que naïades et willis que bercent ses eaux! — L'aquilon du nord ne trouble jamais ses bocages enchantés, et le soleil les pénètre à peine de son haleine embaumée. C'est le silence et la rêverie; ce ne sont que des souvenirs, mais bien délicieux.

Avec M. Corot, le Printemps est éternel et les horizons immenses; on sent l'air de la mer rafraîchir de sa blanche écume les charmants amours qui dansent sous ces beaux grands arbres. La brise est légère et la mer amoureuse, car pas une vague ne contracte ses lèvres; à peine le sillage de la mouette vient-il en troubler la sérénité. Tout se baigne dans une tiède vapeur, et les rayons radieux l'inondent de lumière. Dans son effet du matin, vous respirez un parfum d'Idylle : c'est Virgile ou Théocrite; vous êtes rafraîchi de l'air pur qui anime le paysage. Les nymphes qui se baignent charment votre âme et vos sens; — cette rivière, ces arbres, ce ciel, qui se noient dans la lumière; cette brise que vous respirez, c'est bien l'air matinal des campagnes. — Vous écoutez avec ravissement les bruits harmonieux qui voltigent sans cesse, vous êtes fasciné à la vue de ces nymphes, votre cœur renaît, et vous retrouvez, aux accords mélodieux de la nature entière, le doux souvenir de vos jours heureux. Le grand poëte que M. Corot!

M. Corot comprend si bien que sa puissance ne réside point dans la fidélité d'une imitation servile, qu'avec un dessin pénible, une maladresse inouie de faire, une couleur mal appliquée et une persévérance opiniâtre, négligeant enfin et comme à plaisir, — car il *peint* quand il veut mieux que pas un, — les moyens serviles d'une imitation matérielle, il parvient par des voies qui lui sont propres à inonder notre âme de poésie. Comment se fait-il alors que la peinture de M. Corot soit si peu appréciée du public?.... que ses beautés soient insensibles au plus grand nombre?.... c'est que M. Corot est plus poëte que tous, et que les arts d'imitation n'ont pas pour but l'*imitation*.

M. Français est comme M. Corot, préoccupé de poésie champêtre : il cherche cependant à se métamorphoser, et se rapproche cette année des réalistes. — La Fin de l'hiver, placé dans le second Salon français, annonce le printemps et les arbres vont revêtir leurs habits de fête.

M. Français, avec une route et un cavalier, un ciel et une rivière, a fait un ravissant paysage. Dans un Sentier dans les blés, la forme des arbres n'est point assez accentuée, le ciel est lourd et les terrains sont jaunes. Nous trouvons une trop grande réminiscence étrangère dans le Paysan rabattant sa faulx : c'est entre la poésie et la réalité, mais ce n'est ni l'un ni l'autre. Quand on se nomme M. Français, pourquoi troquer son nom?

MM. Lambinet et Daubigny sont de francs réalistes : il leur faut le printemps et les vastes prairies, des terrains humectés de rosée et les grandes herbes des marécages; leur peinture est fraîche et humide, et il n'est pas toujours sain de s'endormir à l'ombre de leurs vergers; ils n'aiment que les joncs qui miroitent sur l'eau, les saules et les peupliers; leur palette brille des mille tons de l'émeraude, et ils les prodiguent à profusion. Le Matin de M. Lambinet est celui que nous préférons des cinq tableaux qu'il a exposés : un beau ciel bien lumineux, de beaux grands arbres bien aérés et un ravin raboteux, tout cela bien et grassement peint, d'un ton humide, nous a rappelé notre chère Normandie.

M. Daubigny n'a pas été aussi heureux, pour la place s'entend, — et ses quatre ou cinq tableaux sont perdus dans la foule ; — cependant quand on a vu ses Bords du Ru, on veut les revoir et flâner le long de la rivière. En passant devant la Mare au bord de la mer, on sent un vent frais qui commence à souffler, et le bruit de la vague se fait entendre, — on a le bord des lèvres salé. Cette mare paraît si petite au bord de ce large océan, ces vaches sont si calmes, on devine si bien la falaise, qu'on se prend à rêver.

Le peintre des chaumières normandes, celui qui nous avait initié à leurs beautés, M. Cabat, a renié son passé : c'est maintenant un peintre de grand style, et ses tableaux sont des œuvres de maître. Dans le Soir au lever de la lune, l'aspect est grandiose et majestueux : l'astre des nuits sort splendidement du sein des eaux. Dans le Crépuscule, les arbres ont un grand caractère : tout est admirablement peint, les terrains d'une solidité surprenante, et les ciels d'une finesse inouie. Malgré toutes ces qualités, la nature de M. Cabat est inanimée : le soleil ne pénètre point ces masses d'arbres, ne vivifie point ce faire lourd et endormi. Pourquoi M. Cabat n'est-il point resté le peintre rustique que nous aimions?....

M. Desjobert est un nom que nous ne connaissions pas encore. Ce sont bien nos campagnes du pays de Caux et nos pommiers et nos routeux. — On aime à vivre dans vos paysages, monsieur Desjobert : quel bon laid chaud nous attend dans cette ferme! que ce pommier en fleurs est réjouissant! et ces porcs qui s'épanouissent dans la fange, et ces canards qui barbottent..... Comme il y a de l'air, du soleil et de la vie dans ce coin ignoré de l'univers! Et cet herbage que la mer baigne, comme elle est belle et limpide et que l'air que l'on respire est pur! Et ces prairies, comme l'herbe y verdoie, et que ces arbres sont légers et le ciel lumineux!.... Vraiment ces deux paysages de M. Desjobert pourraient bien être du meilleur temps de M. Cabat.

Les paysagistes à théorie ont dans MM. Paul Flandrin, Gourlier, l'Huillier, etc. leurs derniers représentants : ils sacrifient la nature au technique et n'obtiennent, avec beaucoup d'intelligence et de talent, qu'un faux résultat;

leur mise en scène est parfaite, leur style aussi bien, mais pour de la poésie, je n'en vois pas; peut-être en trouvent-ils?

Maintenant, chaque paysagiste a son pays, il l'a inventé et il le garde : — M. Flers habite toujours la Normandie et peint le paysage le Printemps, l'Été, l'Automne et l'Hiver, comme l'indique le livret. Que M. Flers se défie de la Normandie, elle lui jouera le même tour que l'Italie à M. Lapito! En a-t-on parlé de M. Lapito!.. plus qu'on n'en parlera. Usez de votre belle province, monsieur Flers, mais n'en abusez pas. — M. E. Ciceri peint comme un décorateur et en a l'esprit; c'est beaucoup, mais pas assez. M. Huet, dont nous avons été si friand, est toujours M. Huet; il a sept paysages plus lumineux l'un que l'autre. — M. Achard se métamorphose : en sortant du Dauphiné, il a peint une délicieuse matinée. On se réchauffe toujours au soleil couchant de M. Anastasi, et sa vallée du Vallace, où de gros moines se prélassaient jadis, est d'un effet étourdissant : c'est lumineux comme un Claude Lorrain.

M. Charles Leroux est l'antagoniste de M. Corot; il cherche les effets sauvages et les sites agrestes, et son exécution est vigoureuse, chaude et solidement empâtée. Il a sept toiles qui rivalisent de beauté. Des bestiaux se perdent dans les saules et animent les bords de la loire; un ciel bleu et quelques nuages blancs bien lumineux éclairent les marécages d'une teinte d'une fraîcheur incroyable. Avec un peu plus de légèreté dans son faire ce qui lui est si facile d'acquérir, la place de M. Leroux serait au premier rang. — M. Brissot de Warville rivalise avec les premiers. — M. Le Gentile s'est emparé de la Bretagne comme M. Flers de la Normandie. — MM. Villevieille, Lapierre, Lavieille, Chintreuil, Harpignies, etc., etc., se sont voués à l'élégie ; leur grand-prêtre est Corot et leur culte exclusif. — M. Lapierre est élégant, a du style et de la couleur, et nous aimons nous reposer avec lui sous les chênes : — qu'on y est bien et qu'on s'y sent vivre. — C'est une des plus belles choses du salon. M. Lavieille affectionne Barbison ; il le comprend bien, et nous lui conseillons d'y rester. Les Bords de la Seine de M. Villevieille nous rappellent un beau soir d'été ; c'est une élégie comme celles de Corot, un peu plus accentuée, mais non moins poétique : les arbres soupirent, la nature tremblote vaguement, la forme est indécise et capricieuse ; tout cela n'est peut-être pas la nature, mais c'est quelque chose de plus. — M. de Lafage est un peintre printanier qui aime à voir pousser les feuilles, et M. de Varennes adore les voir tomber. — La poésie est partout ; il n'y a qu'à choisir. — M. T. Frère aime l'orient, et M. J. Noël la Bretagne. M. Legrip, dont nous avions admiré une Vue de Rouen au dernier Salon, et qui ne fait pas grand bruit, a peint le Moulin de Rueil avec un grand talent. M. Harpignies a fait l'École buissonnière, et nous ne nous en plaignons pas ; et M. Nazon a peint l'Été de la Saint-Martin. M. Breton s'inspire, comme M. Leleux, des scènes champêtres, et il y réussit parfaitement. M. de Tournemine habite toujours le Finistère, et continue à nous initier à ses beautés sauvages ; et M. Justin Ouvrié espère une restauration en faveur de MM. Bidault, Bertin, etc., et de l'école impériale ; à notre avis, il attendra longtemps.

Les succès maritimes de M. Théod. Gudin datent de 1834 : la place était libre, il s'en empara et le succès a protégé son audace. — M. Gudin, depuis cette époque, est demeuré ce qu'il était : notre premier peintre de marine, malgré une couleur exagérée, fausse et cuivrée. — N'excelle-t-il point à mouvementer les eaux, à faire mugir les vents et à créer les tempêtes?.... quel est celui qui comprenne la mer et remue la vague comme lui?... est-ce M. Isabey? il n'est jamais sorti de la Manche, et puis, malgré ses brillantes qualités, c'est un peintre de genre. Est-ce M. Mozin?... il navigue entre le Havre et Trouville, et met rarement le cap au large, — crainte de la tempête sans doute. — M. Morel-Fatio?... c'est un peintre officiel bien sage et bien correct, et qui n'abandonne jamais les rades. M. Durand-Brager?... il a des qualités, mais il n'a point passé la ligne, et louvoie toujours en vue de la côte. M. E. Berthélemy?... il est absent du Salon, et nous ne savons pourquoi ; peut-être avec une commande nous prouverait-il qu'il peut faire. Je ne vois donc que M. Gudin qui puisse être comparé à Gudin ; à moins que ce ne soit M. Barrye... il remue assez bien ses eaux, mais l'horizon est toujours borné. Ou M. Garneray?... il n'a jamais fait que la Pêche sur le banc de Terre-Neuve, et on en revient. M. Ziem?... c'est un Vénitien qui ne sort pas de l'Adriatique, et quoiqu'il saupoudre ses marines de poudre d'or et qu'il les rende étincelantes, ce n'est pas encore l'immensité de Gudin. M. Joungkind?.. c'est un homme de talent que j'estime; il s'est voué aux clairs de lune et aux vues de Paris, et il y réussit si bien que je l'engage à continuer. Qui donc est de force à lutter avec le colosse, et qui ramassera le gant?... est-ce encore M. E. Le Poitevin?... peut-être, s'il eût continué le peintre des ours des mers polaires; mais, depuis ce temps, l'artiste a bien changé, et le procédé a tué la pensée. — Je n'en vois donc pas un, quoi qu'en dise la critique, et malgré toutes les mesquineries qu'on s'est plu à reprocher au grand peintre, il n'y en a pas un, dis-je, qui ose accepter le défi!

Nous étions embarrassé à la pensée de vous décrire les vingt-cinq ou trente tableaux de M. Gudin, et cependant quels beaux effets!..... Que de poésie sur cet océan sans limites! Que ces eaux sont légères et ces ciels lumineux! Et ces rochers, ces ruines fantasques qui contemplent les mers depuis tant de siècles! Ces grèves solitaires où l'on aime à exhaler ses tourments et qui nous gardent le secret !.... Ces mers profondes, vertes et désertes, dont les tempêtes calment à peine les passions!.... Ces plages lointaines où de frêles esquifs vont se briser!.... tout cela est donc sans poésie?.... Le vaisseau battu par la tempête, le cri des matelots, la foudre qui éclate, le tonnerre qui gronde, la nue qui se déchire, les cadavres se promenant sur les flots écumants et haletants !.... ces masses escarpées, hérissées, inégales et sauvages, ne vous parlent donc point à l'âme!.... Alors, passez devant l'œuvre de M. Gudin, elle ne vous dira rien. — Pour comprendre son langage, à ce grand maître, il vous faut la poésie de la mer, et vous ne l'avez point. A moi! il ne me faut que ce que Gudin seul peut me donner: Des eaux agitées, des vagues tremblantes et l'immensité des mers!

LES INFINIMENT PETITS.

Dissection d'un grain de la peau. — Gérard Dow, Miéris, etc. — Que c'est nature; Fi donc! — Rembrandt et la forme. — M. Meissonnier et le sentiment. — Il faut des peintres pour tout le monde. — Un myope et un aveugle. — Pourquoi M. Meissonnier est-il le rival des Terburg, des Teniers, etc.? Écoutez. — Une eau-forte de Ch. Jacques. — Petite dissertation très profonde. — Vingt mille peintres à l'œuvre. — Despotisme du public. — Lamentations de l'auteur. — M. Meissonnier et Géricault. — L'art et le métier. — Une Rixe. — Plus c'est bien, mois c'est beau. — M. Meissonnier est un infiniment grand *petit* peintre. — Ses fanatiques. — MM. Chavet, Fauvelet, Plassan, Monfallet, etc., arborent ses couleur et portent son oriflamme. — La lune de miel. — Un amateur veuf de ses jambes. — M. Fauvelet méritait une meilleure place. — Deux musiciennes qui manquent d'harmonie. — M. Plassan et la lecture. — Une matinée intime. — Ce qui parait manquer à M. Fichel. — Un philosophe et des folles. — MM. Théod. Frère, Accard, Steinhel, etc. — Du maquignonnage en peinture. — Si vous êtes friand d'une chose, ménagez-la, monsieur Pesous. — M. Marchal nous attendrit. — M. Biard nous amuse. — Est-ce une parodie? Le public jugera. — Le quart d'heure de Rabelais de M. Vetter. — La véritable éloquence est celle qui s'oublie. — M. Leman. — Mademoiselle Verviers et Mademoiselle Rachel. — Un Duel de Coligny. — L'art d'aimer. — M. Caraud et M. Schlésinger. — MM. Nanteuil, Besson, etc. — Un lingot en pièces de cent sous. — A défaut de l'un on se contente des autres.

En peinture, on distingue le mode technique et l'expressif. Gérard Dow, Mieris, Denner, etc., en copiant le grain de la peau, les pores du bois, en disséquant les rides du visage et les poils du menton, se servent du premier, et Rembrandt, en ne faisant rien de tout cela, donne la suprématie au second. — J'entends et je vois le public me dire, en s'extasiant devant le manche à balai de Gérard Dow : Que c'est nature! — Fi donc. Cela peut être un chef-d'œuvre de patience pour les gens à vue courte et les esprits obtus; mais moi je n'y vois qu'un daguerréotype enluminé, et je trouve cela fort laid.

M. Meissonnier, quoiqu'un peintre infiniment *petit*, n'en est pas moins supérieur à tous ces myopes; son imitation diffère entièrement de la leur et son langage est de sentiment. Sa peinture, au lieu d'étonner notre vue par une merveilleuse fidélité *matérielle* qui ne nous donnerait que la vue de l'objet matériel, — comme le fait toujours la machine, — ce qui nous impressionnerait fort peu, — éveille notre imagination, flatte nos sens, touche notre âme et y fait vibrer certaines cordes que la réalité laisserait silencieuses. Donc M. Meissonnier n'est point copiste, puisque impressionner ce n'est point copier matériellement la nature. Mais, comme il faut des peintres pour tout le monde, Dieu, dans sa bonté infinie, a créé les Gérard Dow, les Denner, les Mieris, etc., pour récréer la vue des bonnes gens qui n'y voient pas plus loin que leur nez, et a permis à leurs imitateurs de faire de la peinture un métier.

Quelles sont donc les qualités qui font de M. Meissonnier un grand artiste, un rival des Terburg, des Ostade, des Teniers et de tous les grands peintres infiniment *petits?* C'est que son faire n'absorbe point sa pensée; c'est que ses tableaux ne sont point la copie exacte de la nature, mais son interprétation. Il faudrait cependant, puisque le public se presse autour de ses petits chefs-d'œuvre, qu'il sache, avant de pouvoir les admirer à l'aise, où commence l'art et où finit l'industrie. Écoutez :

Prenons une eau forte de Ch. Jacques : ce sont, comme M. Meissonnier, ou des buveurs, ou des joueurs de boule, ou des bravi, comme vous voudrez. Je n'y vois ni le bleu du ciel, ni la verdure des arbres, ni les fonds gris perlés. Je n'y trouve ni le fini précieux du faire, ni la touche large et magistrale, ni les menus plis des vêtements, ni les clous des poutres, enfin, nul rapport entre le signe matériel et la chose signifiée, nulle ressemblance entre le modèle et la copie. Et si Ch. Jacques, dans cette eau-forte, a été tellement expressif qu'elle reproduise le charme que m'inspire la réalité, qu'elle fasse naître en moi le désir, le bonheur et la crainte, n'en dois-je pas conclure que, pas plus qu'un opéra, pas plus qu'un drame ou une tragédie, un tableau n'est la reproduction exacte des objets réels? Donc Meissonnier, chaque fois qu'il m'impressionne dans cet art d'imitation, n'a point pour but l'imitation. Si tu n'es point encore convaincu, public, fais traiter le même sujet par M. Meissonnier et par dix, vingt, mille autres artistes aussi forts praticiens, si c'est possible, que le maître, et tu seras tout étonné d'avoir dix, vingt, mille tableaux complétement différents, quoique tous aient copié le même objet. Deux ne seront point pareils, et cependant le modèle sera unique. Où en es-tu, pauvre public, avec ton imitation de la nature!

D'où je conclus que le procédé de Mieris, Gérard Dow, etc., devient du métier quand je le compare au faire large et puissant de Meissonnier ; et que peindre et penser sont loin d'être synonymes.

Public! tu es un grand despote, et il n'y a rien d'étonnant que tes goûts soient si flattés. Si tu parais désintéressé dans tes jugements, tu n'en es pas moins un juge impitoyable, car tu es toujours dans le faux à cause de ta fureur du *vrai*, et tu prendras toujours des vessies pour des lanternes. Eug. Delacroix, auquel tu sacrifies rarement, est le seul astre qui t'éclaire. Partout le public se trompe, parce qu'il juge en premier ressort; puis viennent les tièdes qui approuvent, et les experts qui se rangent. Car pour tout le monde, être seul de son avis, c'est être évidemment dans le faux. Que si je vous parle du public, ce n'est pas vous, ni moi, ni d'autres qui font la loi; mais ceux qui se chargent de penser pour nous, qui aiment pour nous, qui se trompent à notre intention. Camaraderie, coterie, impertinence, voilà les délégués du public, et, pour eux, le public c'est la postérité!

Voyez où nous ont menés les petits tableaux du grand peintre, si loin, si loin, que nous ne savons plus où nous en sommes; mais j'ai fini, heureusement pour vous.

M. Meissonnier est un peintre de pure race et de grande manière. Si, à l'aide d'une loupe, vous regardez ses petites figures, vous trouverez l'exécution franche, la touche large et les personnages vivants. Il procède des Van der Helst, des Terburg et a la finesse de Wateau. Une de ses têtes grossies par l'optique a autant d'énergie que le plus vigoureux Géricault, et la physionomie de ses personnages autant d'esprit que les meilleurs maîtres français. M. Meissonnier, à l'inverse des peintres qui croient rappeler les maîtres en les pastichant, les surpasse en les dédaignant. Il sent que l'art, réduit à la simple question mécanique des Miéris, n'est qu'un métier, et il y substitue le sens poétique. Pourquoi donc dans une Rixe, pour faire nature, s'est-il laissé entraîner à faire trop vrai?

M. Meissonnier, en se rapprochant de la vérité banale, s'est éloigné de la réalité idéale. Plus il a voulu atteindre la perfection matérielle, plus il a côtoyé la vulgarité; et plus il a voulu substituer la pure imitation technique, — comme dans ses Bravi et bien mieux encore dans une Rixe, — plus il a coudoyé le trivial.

M. Meissonnier a cherché aussi loin que possible, dans une Rixe, sa qualité première, qui est d'être expressif. La scène se passe sous Louis XIII. Une querelle s'est engagée, et deux spadassins, l'épée au poing, veulent la vider. Leur regard fauve et leur force athlétique présagent un combat à outrance, mais on les force à rengaîner. Le moment choisi par le peintre intéresse vivement le spectateur : la lutte se terminera-t-elle ou le sang coulera-t-il? A l'ardeur des combattants, on sent que l'affaire est grave et que la réconciliation est impossible. Comme vous le voyez, l'action est ardente et le sujet mouvementé. Eh bien! il m'intéresse à peine, je vois trop ce que tous ces gens-là font. Cependant, le peintre a scrupuleusement copié la nature : les étoffes, les chairs, les fonds sont admirables de faire; la touche est accentuée et l'effet lumineux, le dessin énergique et la composition savante; et malgré toute la perfection de ces qualités, le tableau ne m'entraîne point. Pourquoi? C'est qu'au sentiment poétique de l'inspiration, M. Meissonnier a substitué l'adresse du praticien.

Dans les Bravi il y a plus de vague et on devine que ces bandits vont commettre une lâcheté. La pensée existe, et le peintre, en s'effaçant, fait place au poëte. Dans les Joueurs de boule, nous retrouvons le procédé et nous frisons le daguerréotype. C'est trop vrai pour être beau.

M. Meissonnier, dans la Lecture, redevient le peintre charmant que nous connaissons, le rival des Watteau, des Lancret et de tous les Flamands passés, présents et à venir, le *petit* peintre éminemment français que nous aimons et une des célébrités les plus sérieuses de l'art contemporain. La pensée, sous son inspiration, saisit le caractère particulier de la nature, poussé à l'excès si vous le voulez, et empreint sa forme d'un charme particulier : il émousse les fibres les plus sensibles de notre âme, et sous le feu de la création il dote la France de chefs-d'œuvre.

MM. Fauvelet, Chavet, Plassan, Steinhel, etc., sont fanatiques de M. Meissonnier et s'en inspirent le plus heureusement du monde. Ce sont des peintres très fins, très délicats et très harmonieux, et aussi spirituels que le maître est puissant; aussi s'en tiennent-ils avec raison aux charmantes syrènes de la Régence. MM. Fauvelet et Chavet sont les capitaines de ces condottieri qui ont arboré les couleurs et l'oriflamme de M. Meissonnier, et MM. Plassan, Monfallet, Fichel, etc., font ce qu'ils peuvent pour les rattraper. Que prouve tout cela? C'est qu'il y a par siècle vingt-cinq mille peintres spirituels et trois hommes de génie.

M. Chavet a exposé, parmi ses quatre tableaux, un Marchand d'habits dont la race est perdue; la touche en est fine et la couleur vigoureuse quoique éparpillée; malheureusement il y a un parti pris de tons entiers qui se gênent mutuellement. Le marchand d'habits, malgré ou à cause de sa charge, perd l'équilibre et n'est point sur ses jambes. De tout temps M. Chavet a hésité dans son dessin, et ce défaut est des plus sensibles dans les

Amateurs de tableaux; le personnage du fond est positivement veuf de ses jambes. Nous avons heureusement des éloges à lui faire pour sa Lune de miel; c'est bien comme cela que chaque fiancée la rêve. Quelle est heureuse cette jeune femme, et que son ami paraît se complaire à ses genoux! Leurs mains sont entrelacées et leurs cœurs se comprennent. Jouissez de votre bonheur, car le dernier quartier fera bientôt place à la lune rousse. M. Chavet, je vous félicite, et vous avez fait un ravissant tableau : l'habit vert de l'homme est d'une couleur des plus exquises, et la forme des plis des mieux réussie; vos têtes sont fines et spirituelles, d'une naïve bonté et d'un ton remarquable, et tout serait parfait si la tapisserie avait un peu plus de solidité. En peignant comme cela, vous ferez oublier M. Meissonnier.

Les Jeunes mères de M. Fauvelet, tableau qui se trouve enfoui derrière un bureau de livrets, dans la dernière travée, méritait une meilleure place. Jouez sous l'œil de vos mères, charmants chérubins, elles sont si belles qu'elles doivent être bonnes, et elles vous passeront tous vos petits défauts. Pauvre petit, qui marches à peine, ne crains rien, et va te perdre dans les deux beaux bras qui sont tendus pour te recevoir. Comme tout cela est naïf et adorable! Et le fond, et les draperies, et les chairs, tout est du meilleur goût et d'un sentiment exquis. Les Deux musiciennes sont un peu plus prétentieuses et nous plaisent moins, quoique ce soit toujours le même parfum de distinction, de coquetterie, de grâce et de coloris.

M. Plassan, qui s'était un peu attardé, s'est placé cette fois en première ligne. Dans la Lecture, nous avons retrouvé les qualités de M. Meissonnier, mais peut-être poussées à l'excès. M. Plassan arrive à un fini qui tourne au minutieux; son modelé, s'il n'y prend garde, deviendra sec et il aura beaucoup de peine à se débarrasser de ce défaut. La composition de ce tableau est joliment tournée, et sauf l'emmanchement du poignet qui tient le livre et quelques exagérations de ton, ce serait une petite perle. Les plis de la robe de la femme choisissant des fruits sont guindés et manquent de noblesse et d'élégance. La Lecture est une toile bien composée et adroitement touchée; nous avons cependant trouvé le ton de la draperie jaune bien cru, et les formes qu'elle recouvre ne sont pas très ondoyantes. Malgré ces légers défauts, dans tous les tableaux de M. Plassan et de ses coréligionnaires, nous trouvons toujours le ton fin et transparent et les accessoires très finement rendus.

M. Fichel, sans en posséder les qualités, est de la même école. Dans sa Matinée intime, que nous connaissions déjà, ses défauts sont moins sensibles. Dans une Collation, il cherche les étoffes chatoyantes et les ajustements coquets. C'est fort bien; mais pour rendre leur brillant et la finesse de leurs plis, il faut posséder ce que les Watteau, Lancret, etc., avaient au suprême degré, l'enthousiasme et le génie, et c'est ce qui paraît manquer à M. Fichel. Son faire contrarie sa pensée, et il est emprunté au lieu d'être emporté. C'est un philosophe qui devise avec des folles; aussi lui rient-elles au nez.

En cherchant bien, nous trouvons encore une foule de peintres que le public affectionne. De ce nombre est le Petit écolier et le Jeune page, de M. Monfallet; une Visite, toujours sous Louis XV, de M. Accard, qui fait de mieux en mieux. C'est le *Matin*, de M. Steinhel, qui sait dessiner une tête et des mains et qui les peint à ravir. M. Théod. Frère a six tableaux que nous connaissions déjà et qui font les délices des amateurs qui les possèdent. M. Ed. Frère a la naïveté de Guillemin, la couleur grise de Tassaert, un peu plus dorée cependant, et la vigueur de M. Rob. Fleury ; ce sont toutes belles qualités qu'il devra cependant ménager, car sa peinture est un peu maquignonnée, qu'il me passe cette expression triviale, et la finesse du ton s'en ressent. Et puis il manque quelquefois de dessin et de modelé, et c'est essentiel. Heureusement pour notre critique que les forts ne se formalisent point. Nous avons dans M. Pezous un peintre original. Il a un faire à lui et y prend goût, peut-être un peu trop. Quand vous êtes friand d'une chose, ménagez-la ; quand vous avez un faire à vous, oubliez-le, crainte de vous en rassasier. Dans son *Benedicité*, nous admirons M. Pezous ; mais si notre enthousiasme devait aller crescendo jusqu'à son huitième tableau, la tâche serait lourde. Tout cela est fort joli, mais il y en a trop. Les maîtres sont seuls de force à à exhiber leur œuvre complète. Nous avons aperçu de M. Marchal un *Retour de bal masqué*, rempli de sentiment. Oh ! oui, faites place à ces bonnes sœurs qui dès l'aube sortent du temple et viennent de racheter vos péchés !... Cela vous honore, beaux débauchés, et je sens votre cœur battre sous votre masque. Amusez-vous, puisque vous croyez, et le ciel vous pardonnera. Vous avez eu une bonne pensée, M. Marchal, et votre œuvre renferme d'excellentes qualités. Que disais-je au commencement ? Que pour bien peindre il fallait savoir impressionner... M. Marchal nous le prouve, puisqu'il nous attendrit. M. Jourdan a exposé le Message, et M. Biard, qui a ramassé le défi qu'on lui avait fait en 1846, à propos d'une Lecture au Théâtre-Français, par M. Heim, a peint une soirée chez M. de Niewerkerque. — Avait-il compris que c'était une parodie qu'on voulait?... Le public jugera.

N'oublions pas le quart d'heure de Rabelais, par M. H. Vetter, c'est un peintre qui est à l'apogée de son talent et qui n'ira pas plus loin. Si le talent de M. Vetter est tel qu'il doit rester, nous ne l'en aimons pas moins. Molière chez le barbier aura pour pendant le Quart d'heure de Rabelais, et tous les amateurs de belles gravures et de compositions spirituelles en seront ravis. Le défaut le plus capital de ce peintre, à mon avis, est sa trop grande habileté. Il est vraiment impossible de trouver à redire ni dans son dessin, ni dans ses ajustements, ni dans l'ordonnance générale de la scène. Cependant le sourire de Rabelais est peut-être trivial quoique rempli d'agrément ; et ce qui nous entraîne, en ne devant être qu'un accessoire, c'est justement cette perfection matérielle qu'on devrait oublier. — L'ensemble est si parfait qu'on oublie la scène ; le sujet n'occupe plus, mais l'habileté étonne. M. Vetter est un peintre consommé qui ne donne pas assez de liberté à son imagination. Son exécution est ferme et même un peu sèche, et sa couleur harmonieuse quoique noire. M. Vetter serait M. Meissonnier s'il ne s'agissait que de science pour être un grand peintre ; mais il ne sait pas assez que la véritable éloquence est celle qui s'oublie.

M. Leman, qui a exposé un des plus beaux portraits du Salon, — celui de mademoiselle Verviers, artiste dramatique que tout Paris voudra voir et qui, dit-on, est engagée au Théâtre-Français pendant l'absence de mademoiselle Rachel, qu'elle pourrait bien faire oublier, — est un peintre de franche allure. Son Duel de Coligny et de Guise est empreint d'une énergie sauvage. Il y a bien un peu d'exagération dans les mouvements ; mais allez demander de la sagesse à des fous !... et un duel ne me paraît pas une action des plus sages. — Des quatre tableaux de M. Caraud, nous préférons la Leçon de danse. La charmante fille, et qu'on lui servirait de maître ! Son abandon désarmerait tout autre qu'un professeur barbu et bourru, et on lui apprendrait plus volontiers l'art d'aimer. — M. Schlesinger, avec sa réputation et ses cinq tableaux, nous plaît moins que M. Caraud ; c'est plus habilement peint, mais il lui manque ce je ne sais quoi que l'on trouve dans l'autre. M. C. Nanteuil, notre délicieux lithographe, est aussi un excellent peintre : il nous en donne la preuve dans les Souvenirs du passé. M. Besson se contente de remettre à neuf son Boucher et son Lantara, et ne s'occupe pas de savoir si l'art a pour but ceci ou cela. Tous ses tableaux s'entrevalent et on les trouvent fort jolis. Que demander de plus ? Rien, puisque M. Besson s'en contente.

Après la grande pièce nous avons joué les petites. De M. Meissonnier vous avez eu la monnaie : vous dire que vous pourriez, avec les pièces de cent sous, recomposer le lingot... je ne le crois pas. Mais, à défaut de l'un, on se contente des autres.

SCULPTURE. -- GRAVURE. -- ARCHITECTURE.
DESSINS. -- AQUARELLES. -- PASTELS, ETC.

M. Clésinger. — Un chef-d'œuvre de plus au Louvre. — Une Femme piquée par un serpent. — Paroxysme du bonheur. — La feuille de vigne de l'Académie. — Tartufe à l'Institut. — Soupirs et volupté. — Ce qu'il advient d'une piqûre. — L'Orgie de M. le marquis Torquato della Torre. — Les dieux de M. Cavelier. — Clodion. — Le beau dans la ligne. — Un prix de 4,000 fr. — Un groupe qui n'est pas heureux. — Une revanche à prendre. — M. Guillaume inspiré par Anacréon. — De l'imitation antique. — Le Faune dansant de M. Lequesne. — Adam et Ève de M. Garraud. — Ce que c'est que le malheur. — Les plus gros *morceaux* ne sont point les meilleurs. — La plus belle statue des temps modernes. — M. Foyatier. — MM. Dumont, Pollet, etc. — Le favori de M. de Lamartine. — Le Premier secret confié à Vénus. — M. Jouffroy. — Noblesse oblige. — MM. Duseigneur, Dantan aîné, Bonheur, Gumery, etc. — La Velléda de M. Maindron. — Feu Pautard. — Regrets. — Les Bustes. — MM. Ingres, Deguerry, mademoiselle Rachel, etc. — Un Normand qui fera parler de lui. — Des noms habitués au succès. — Des bêtes fauves dans les vergers. — Les graveurs. — MM. Henriquel Dupont, Calamatta, etc. — Les Pastels. — Le Galilée de M. Maréchal. — M. Galbrund et sa chambrière. — M. Giraud et madame la princesse Mathilde. — M. Widal et ses blondes créations. — M. Valerio et ses aquarelles. — Les architectes. — M. Violet-Leduc, Caristie, etc. — Resouvenirs. — MM. Lassus, Dauvergne, Lefuel, Labrouste, etc. — XVIe siècle avant J.-C. — Pauvres et riches. — Napoléon III et le Louvre. — La plus belle capitale du monde entier.

Et M. Clésinger n'a pas exposé! Pourquoi n'a-t-il pu envoyer sa magnifique statue équestre de François Ier, qui va ajouter un chef-d'œuvre de plus aux magnificences du Louvre! M. Clésinger a donc oublié avec quel enthousiasme a été accueillie la Femme piquée par un serpent? Qui ne se rappelle cette bacchante se tordant dans le paroxysme du bonheur — de la douleur, veux-je dire, — et qui pourra jamais l'oublier! Comme ses flancs s'agitaient, et que ce serpent la tourmentait? Et cependant, si ce petit reptile n'eût point fasciné les regards des membres de l'Académie, si cette feuille de vigne n'y eût point été, le public n'eût jamais contemplé la volupté. Que voulez-vous, cher public, l'Académie, comme certains cagots, adore les formes, pourvu que l'on reste dans le programme. — Tartufe! tu seras toujours de ce monde. Quel rêve avait fait là le célèbre sculpteur! Comme la forme de cette femme était souple, et que le marbre soupirait amoureusement! C'est que ce marbre était la volupté, et M. Clésinger l'avait animé! C'était vraiment magistral! et la ligne ondulait moelleusement en serpentant du talon à la face, et le torse se renversait, et les membres se crispaient dans le délire, et la chair palpitait et se colorait au point que la bacchante paraissait vouloir se réveiller de ce sommeil fiévreux et passager! Oh! qu'elle était belle et voluptueuse cette chair qu'une piqûre venait d'affoler! Que ses soupirs étaient saccadés et sa respiration courte! Cependant cette piqûre devait être mortelle, car le sang ne circulait plus, la vie avait disparu!... Et non, puisque ce marbre paraissait encore tiède de volupté. Mais le dieu a déserté l'autel, et la femme piquée par un serpent soupire sous de frais bocages. — Il y a au Salon une seule statue qui me rappelle cette morbidesse de la chair, cette sensualité du ciseau, ces formes puissantes et délicates; c'est l'Orgie, de M. le marquis Torquato della Torre, noble vénitien.

M. Cavelier n'adore point les mêmes dieux que M. Clésinger et s'occupe fort peu des Coustou, des Coysevox et de tous ceux qui ont fait palpiter le marbre. Il est grec avant tout, et les succès éphémères de la foule l'occupent peu; comme Pradier, c'est la femme antique qu'il rêve. Il ne voit que la fermeté du marbre et dédaigne l'élasticité de la chair; il est aussi païen que M. Clésinger est renaissance. Les charmes imperceptibles et mystérieux de la femme ne lui sont rien, et il répudie les beautés vives et rebondies de Clodion. Comme M. Ingres, il cherche le beau dans la forme et l'expression dans la ligne; enfin, on n'est pas plus Grec que M. Cavelier.

Sa Cornélie est le pendant de la fameuse Pénélope, qui obtint le prix de 4,000 fr. à l'exposition de 1852. Elle est assise, à peu près comme l'était la femme d'Ulysse, et ses deux enfants, l'un en tunique et le plus jeune nu, se tiennent debout près d'elle. Ce groupe n'est pas ce que l'on pouvait attendre d'un si éminent sculpteur, et sous tous les rapports il est bien inférieur au premier. Pourquoi le fils aîné a-t-il si peu de majesté et est-il si gras et si court? Pourquoi ce manque de noblesse dans l'ensemble? En vérité, si la tête de Cornélie n'était fort belle et la pose de l'enfant nu simple et naturelle; si on ne reconnaissait à l'habileté du faire un praticien consommé, le groupe de M. Cavalier serait des moins sérieux. Sa Bacchante, dont la draperie est si malheureuse, ne nous satisfait point davantage; mais comme nous connaissons le talent de M. Cavelier et que nous savons qu'il est des plus sérieux, il prendra sa revanche.

M. Guillaume est aussi de l'école de M. Pradier, mais avec plus d'énergie que le maître. Il a fait du grec et du romain, puisque cela revient de mode, et nous initie à la poésie grecque en la caractérisant dans le sourire faunesque d'Anacréon. Le poëte, à demi renversé dans un fauteuil antique, fait une libation à sa muse qui se métamorphose en colombe et répond à son invocation en venant se désaltérer dans sa coupe et lui inspirer de nouveaux chants. La pose est magistrale, et le fin sourire du poëte va se traduire en divins accents. L'inspiration arrive, et de la lyre qu'il tient vont s'échapper de nouveaux chants anacréontiques. Il y a du feu dans son regard et de l'inspiration dans la tête ; la ligne est élégante et la pose moelleuse ; enfin, M. Guillaume prouve qu'on peut faire une belle chose sans violenter le mouvement. Son Faucheur, avec beaucoup de qualités, est cependant d'une nature un peu grêle, et le faire s'en ressent ; puis, le torse n'est-il pas un peu court? Dans le Tombeau des Gracques, les têtes sont parfaites, mais c'est trop de l'imitation antique ; néanmoins, M. Guillaume est le sculpteur le plus complet de l'exposition universelle.

Le Faune dansant, de M. Lequesne, est bien supérieur à celui de M. Guillaume. Il a plus de mouvement et de correction, et la ligne est mieux balancée ; c'est parfaitement compris et bien exécuté. Si nous choisissons les plus gros *morceaux,* nous dirons que la Première famille sur la terre, de M. Garraud, ne nous satisfait point. C'est une sculpture qui nous est peu sympathique, quoi qu'en disent les romantiques de 1848. Adam et Ève, Caïn et Abel, symétriquement réunis sur un rocher, paraissent maudire la nature entière. Il n'est plus étonnant que de nos jours on se plaigne de l'existence, puisque notre premier père en avait déjà assez. Il est vrai qu'avec une Ève comme celle de M. Garraud, qu'avec l'épaisseur de ses formes et la perspective peu agréable de n'en pouvoir changer, la vie devait être bien monotone pour Adam. Les autres types ne me paraissent pas plus distingués, et si nos ancêtres n'eussent point été mieux que cela, nous serions évidemment plus laids que nous ne sommes. Cependant ce groupe orne un de nos jardins publics; et il est fort heureux qu'il ne s'explique pas de lui-même, car ce serait triste pour les promeneurs. M. Garraud ne nous paraît pas excellent praticien, et nous l'engageons fortement à ne pas suivre les *grands* peintres, et à se restreindre. Son faire est lourd et monotone, ses têtes triviales et ses cheveux bouclés maladroitement disposés. Ce n'était pas la peine de remonter jusqu'à la création du monde pour en exhumer de si vilains types. Espérons que ce ne sera pas le dernier mot du sculpteur et qu'il nous fera quelque chose de moins colossal et de mieux compris.

Le Spartacus de M. Foyatier est toujours une des merveilles de l'art moderne et bien supérieur à la Siesta, qu'il expose. La femme est couchée, et son torse manque d'abandon; la tête n'est pas heureuse, et, à part la draperie, qui est fort belle, on ne reconnaîtrait pas le célèbre sculpteur. — M. Dumont, quoique de l'Institut, a exposé le charmant groupe de Leucothée et Bacchus. La nymphe le tient sur ses genoux en l'enivrant de raisins; la pose est ravissante d'abandon, le faire magistral, et la tête de Leucothée a un parfum de faunerie et un type des plus entraînant. Quelle jolie expression; que Bacchus est heureux d'avoir une si belle nourrice! Voici un type qui eût convenu à l'Ève de M. Garraud, à cette femme qui allait engendrer le genre humain : Adam, j'en suis sûr, n'eût point maudit l'existence. Nous retrouvons toujours poétique l'Heure de la nuit, de M. Pollet. Le célèbre sculpteur a exposé une Bacchante qui, quoique belle, ne nous fait point oublier celle de Clésinger. — Allez donc voir l'Orgie de M. della Torre, voilà de la débauche et de la chair! Mais une Bacchante de marbre... fi! qu'on ne m'en parle pas. M. Jouffroy, le favori de M. de Lamartine, dit-on, nous fait réadmirer le Premier secret confié à Vénus, une des meilleures et des plus ravissantes statues du Luxembourg; mais ce n'est point assez quand on a autant de talent. Noblesse oblige. —M. Debay père continue les les traditions antiques, et cependant la Jeune fille au coquillage, la Toilette et les Trois Parques sont d'un faire élégant, mais un peu froid.—Châteaubriand s'est réveillé sous le ciseau de M. Duret : c'est bien, sauf l'étincelle électrique du génie. Le Caïn de M. Étex ne fait point oublier *l'autre;* c'est toujours *ejusdem farinæ.* Nous lui préférons le Buste de Charlet, du même auteur. Le Roland furieux de M. Duseigneur a de la tournure, et la tête du Baigneur, de M. Dantan aîné, est un chef-d'œuvre. M. Bonheur a exposé un groupe beaucoup plus grand, *comme taille*, que ceux de sa sœur, et nous lui conseillons de se remettre à son niveau. M. Marcellin ne nous fait point désirer le Retour du printemps. — Nous avons un très beau Faune de M. Gumery; —et de M. Grootaers les Derniers moments de Sapho, marbre d'un joli style; une Jeune fille sauvant une abeille, de M. Hébert; de M. Rochet, une belle interprétation, remplie de mouvement et de caractère, de Napoléon à Brienne; une Andromède, grassement modelée, de M. Félon; encore un Caïn, mais préférable aux autres, de M. Falconnier; une Méditation, bien drapée, de M. Bonassieux; l'Espérance, de M. Buhot; l'Espérance et l'Automne, deux ravissants bustes de

M. Prouha; un charmant groupe de la reine Hortense et du prince Louis-Napoléon, de M. Chatrousse; et l'Observation, délicieux buste sculpté par M. Iselin, sous l'inspiration de Prud'hon. M. Maindron a fait un beau Christ; sa Velléda nous a toujours paru aussi belle qu'à la place qu'elle occupe dans le jardin du Luxembourg; et M. Badiou de la Tronchère un groupe de captives chaudement exécuté. On remarque encore de M. Rude un Jeune pêcheur, Napolitain de naissance et Florentin de style; et une délicieuse Jeune fille endormie, par Pautard, que la mort vient de ravir à l'art. Quelles formes juvéniles et que de sentiment dans cette enfant! comme c'est gras et moelleux, et que d'abandon!... Nous ne connaîtrons donc ce grand artiste que pour le pleurer!

Si les bustes sont nombreux, ils sont de bonne qualité. Citons d'abord promptement ceux de M. Deguerry, curé la Madeleine, par M. Oliva, et de M. Ingres, peut-être un peu jeune, mais carré d'expression, par M. Ottin; celui de Mlle Rachel, d'une ressemblance si attrayante, par M. Dantan aîné. M. Gayrard fils a sculpté de ravissants enfants, et M. Gayrard père une vierge en bois d'un grand caractère.—Mentionnons un nègre et une négresse de M***; les beaux bustes de M. Courtet; et le portrait de M. M., d'une si belle expression, par M. Durand; la charmante étude de jeune fille de M. Droz; le très beau portrait de M. J., par M. Pons; le buste de son fils, si bien exécuté par Me Lefebvre-Deumier, et les ravissants groupes de M. Lechesne de Caen : un compatriote qui fera parler de lui, celui-là, et dont nous nous réservons d'étudier les œuvres. Qu'on sache toujours que sa Chasse au sanglier est de force à lutter avec les merveilleux chefs-d'œuvre de M. Barye. — Le monument de M. Leharivel-Durocher nous séduit moins, mais nous plaçons sur la même ligne les meutes de M. Fremiet, et nous admirons de tous nos yeux ses cinq statuettes commandées par l'empereur. M. Caïn est un nom habitué au succès, et son vautour supporterait le monde. MM. Mène et Delabrière rivalisent avec lui. Reste M. Barye et son Jaguar dévorant un lièvre ; qu'en dire?... Rien; car tout éloge pâlirait devant ce groupe sauvage. C'est superbe d'effroi et digne de l'auteur des Lions du Bord de l'eau. Si j'étais millionnaire, je peuplerais mes vergers des bêtes fauves de M. Barye.

La gravure est cette année au grand complet, et MM. Calamatta et Henriquel Dupont peuvent lutter avec nos voisins d'outre-Manche. M. Jazet fera revivre M. Vernet, qui paraît l'avoir choisi pour son graveur ordinaire. M. Paul Delaroche trouve dans M. Henriquel-Dupont une précision et une finesse qui doivent singulièrement lui plaire, ce qui n'empêche pas le célèbre maître d'interpréter avec toute la sévérité de son style l'illustre M. Ingres lui-même. M. Pollet a gravé d'après Widal un ravissant portrait de S. M. l'impératrice ; M. Martinet de belles vierges d'après Raphaël ; MM. Lavieille, Anastasi, Leroux, J. Noël et Damour, ont exposé de ravissantes eaux-fortes que tout Paris connaît et presque aussi lumineuses que Rembrandt; M. Mouilleron l'École Juive, superbe lithographie d'après Rob. Fleury, et M. Nanteuil nous initie aux beautés splendides de Velasquez.

Parmi les pastels, qui ne sont point nombreux, nous avons admiré le Galilée à Velletri, de M. Maréchal père ; c'est d'un calme majestueux et d'un caractère inouï ; la pâte est excellente, et la couleur énergique. J'eusse désiré voir ce pastel dans le grand salon, et l'effet qu'auraient produit certains grands tableaux à son voisinage. Les portraits de M. Galbrund sont francs de faire, vigoureux de ton et solidement empâtés ; il est parfois un peu lourd, ce qui ne l'empêche pas d'être sans rivaux : sa chambrière est une ravissante jeune fille comme Greuze seul savait les faire ; elle est de profil, les cheveux relevés coquettement ; tout cela est charmant, et personne ne peut lutter avec M. Galbrund. M. Giraud en comprenant le portrait de madame la princesse Mathilde dans un autre sentiment, l'a parfaitement réussi. Mlle Delphine Bernard a exposé un portrait et une petite glaneuse d'une excellente couleur ; et une foule de peintres de talent, tels que M. Widal et ses blondes créations, M. Valerio et ses belles aquarelles, etc., etc., ont enrichi de leurs œuvres la galerie des dessins.

Les Coupes, Élévations et restaurations d'anciens monuments occupent actuellement nos architectes, et nous pensons que l'art n'y perdra rien. Jadis, tous les grands artistes étaient architectes et décoraient les temples et les palais qu'ils élevaient ; MM. Violet-Leduc, Caristie et autres, à leur exemple, excellent dans les arts du dessin aussi bien que dans l'architecture. On aime à revoir ces vieux monuments de tous les styles et de toutes les époques revivre, et on se plaît à les comparer à notre archéologie nationale. M. Anatole Dauvergne a reproduit avec beaucoup de talent les peintures du xe siècle qui existaient dans l'antique église de Saint-Michel d'Aiguilhe ; M. Lassus nous introduit dans le réfectoire du prieuré royal de Saint-Martin-des-Champs, et M. Caristie a trouvé moyen, malgré ses nombreux travaux, de reconstruire l'arc de triomphe dit de Marius, à Orange. M. Frappart nous fait revoir les peintures de la fameuse galerie Mazarine; M. Labrouste n'a rien exposé ni M. Hittorf, ni M. Lefuel, occupés qu'ils sont par l'empereur; les recherches que fait M. Durand remontent jusqu'au XVIe siècle avant Jésus-Christ, et M. Gourlier continue ses études sérieuses sur les cités ouvrières; rien de plus noble; car ce n'est point assez de loger les riches, il faut aussi songer aux classes laborieuses.

Les projets pour la reconstruction du Louvre étant devenus inutiles, puisqu'il resplendit au grand soleil et qu'il va faire revivre dans les siècles le nom immortel de l'empereur Napoléon III, qui l'a ressuscité, les architectes ne savent plus de quel côté porter leurs vues. Ils ont donc abandonné, pour des études plus modestes, mais qu'ils pourront plus tard utiliser, les projets qui étaient jadis à l'ordre du jour, pour ne s'occuper que des constructions qui vont remplacer le vieux Paris et en faire la plus belle capital du monde entier.

Typographie Maulde et Renou, rue de Rivoli, 144. 5810

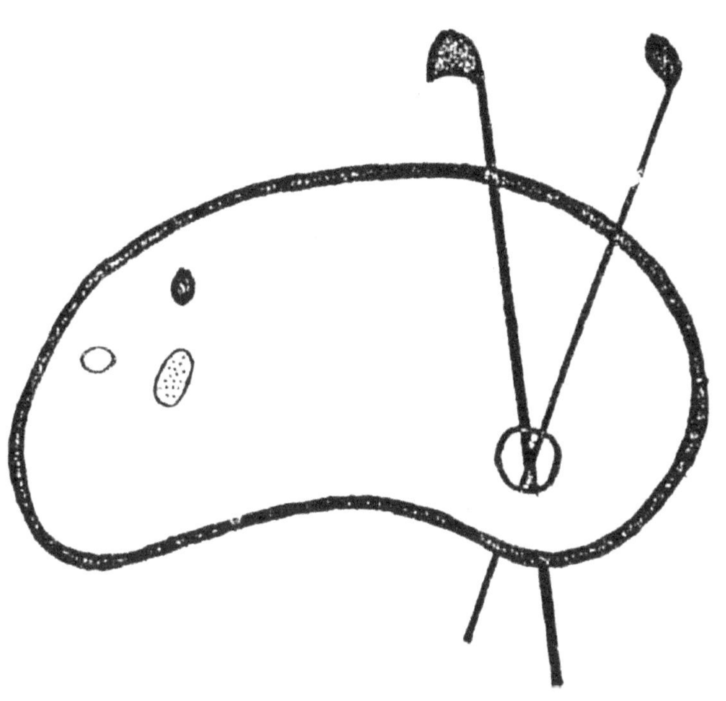

RED. :

[19]

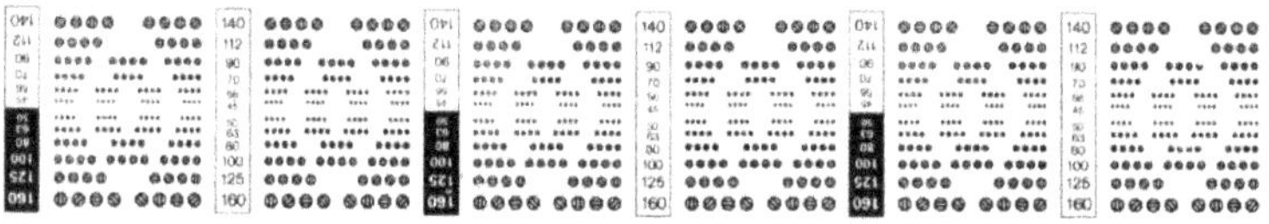

www.ingramcontent.com/pod-product-compliance
Ingram Content Group UK Ltd.
Pitfield, Milton Keynes, MK11 3LW, UK
UKHW021552260726
13993UKWH00002B/792